KB235475

✤ 20대 여성을 위한 인맥 키워드 ✤

능력있는 여자는
스캔들을 꿈꾼다

20대 여성을 위한 인맥 키워드

능력있는 여자는 스캔들을 꿈꾼다

박유희 지음

자유로운 상상

contents

Chapter 2　알아 두면 득이 되는 인맥 노하우

Chapter 3 요건 몰랐지? 인맥을 위한 액션 플랜

내 여동생에게 해주고 싶은 말

　나 스스로 발이 넓다, 인맥이 짱짱하다고 자랑삼아 떠벌려본 적은 단 한번도 없지만 그래도 무슨 일이 꼬일 때마다 '아, 누구누구에게 전화하면 풀릴 것 같다…'는 생각이 먼저 드는 걸 보면 그동안 나의 인간관계가 그리 허술했던 것만은 아닌가 보다. 전화 한 통화면 내 일처럼 발벗고 달려와줄 친구에, 이런저런 이유를 안 대도 밥 한 끼 푸짐하게 사줄 선배가 있다는 것, 또 궂은 일이 생기면 뭐 도와드릴 것 없느냐며 다정하게 구는 후배녀석들도 제법 되는데다가, 필요할 때 한 다리만 건너면 어렵지 않게 원하는 정보통과 닿을 수도 있으니 말이다.

　보통 여자들의 인맥은 남자들의 그것보다 폭이 좁고 깊이가 없다고들 단정지어 말하는데, 그것은 성별의 차이가 아니라 개개인의 성향, 즉 다 사람 나름이 아닌가 싶다. 내 경험만 보더라도 그동안 내 사회생활을 끌어주고 밀어준 것은 대부분 여자였고, 출산·육아 문제로 일을 떠나 있는 이 시점에도 끊임없이 챙겨주고 격려해주며 이런저런 사회 참여의 기회를 준 것도 여자들이 더 많았다. (물론 남자들도 있지만!)

　다만 대부분의 여자들이 인맥의 중요성을 깨닫고 전략적인 사회생활의 필요성을 직장 2~3년차가 되어서야 비로소 실감한다는 것이 아쉬울 따름이다. 나 역시 그랬고, 주변의 후배들을 봐도 취직 후 적어도 몇 년은 흘러야 이른바 '사회생활의 철'이 드는 것을 쉽게 보게 된다.

하지만 만약 내가 다시 사회초년생으로 돌아간다면 지금보다는 더 깊고 넓은 파워 인맥을 만들 수 있을 것 같다. 그땐 미처 몰랐던 인간관계의 중요성, 지금 생각해보면 어리석기 짝이 없을 만큼 비(非)인맥적인 말과 행동들, 조금만 더 신경썼더라면 내 사람이 되었을 빵빵한 인연들을 절대 놓치지 않을 테니까.

그래서 이른바 잘나가고 성공한 사람들이 제시하는 거창한 인맥관리 비법은 아니지만, 내 여동생에게, 사랑하는 후배에게 당부하고 싶은 그런 심정으로 책을 썼다. 직장에서는 절대 가르쳐주지 않지만 꼭 알고 있어야 할 인맥관리에 대해, 다 아는 것인데 정작 나는 모르고 있던 인간관계의 몇 가지 센스라든가 알아 두면 여러모로 득이 되는 사람들의 보편적인 심리 등에 대해 쉽게 풀어보았다.

끝으로 글 쓰는 달란트를 주신 하나님과 내 인맥의 주춧돌이 되는 사랑하는 P군과 로빈, 루비, 그리고 날 필요로 하는 모든 이들에게 감사와 사랑을 전한다.

Chapter 1
인맥의 기본도
모르는 그대에게

사람을 저축하라

돈 없고 백 없어서 서러운가? 그렇다면 이제부터라도 인맥을 잡으라. 화려한 배경 없이 맨땅에 헤딩해야 하는 우리 '헝그리파'에게 인맥보다 고마운 재산도 없을 것이다. 비록 나는 보잘것없지만 내가 가진 인적 네트워크가 있는 한 승진도, 전직도 크게 두려워할 것 없다. 자고로 사람은 친구를 잘 사귀어야 하고, 결국 사람이 재산이라는 것을 직딩들은 명심해야 한다.

⚜ 사람저축 들자

직장생활에서 실력만큼 중요한 게 있다면 두말할 것 없이 바로 인간관계를 어떻게 맺느냐 하는 것이다. 내가 어떤 사람과 연(緣)이 닿아 있는가가 바로 '나'의 위치를 말해주는 것이니까. 그렇다고 꼭 거창한 백을 두라는 의미는 아니다. 사내 동료도 평범한 거래처 직원도 경우에 따라서는 소중한 나의 인적 자원이 될 수 있다는 것만 잊지 말라. 작은 돈 귀하게 여기지 못하는 사람은 큰돈을 만질 수 없듯이, 사소한 인맥이라도 잘 가꾸고 거름을 주다 보면 언젠가 든든한 버팀목이 되어줄 날이 반드시 온다.

✤ 주거니받거니 품앗이 정신

누구를 만나든 한쪽에서 일방적으로 주거나 혹은 한없이 받기만 하는 것은 좋은 커뮤니케이션이라고 할 수 없다. 즉, 깊은 관계를 오래 유지하기 위해서는 '기브 앤 테이크'를 잘해야 한다 이 말이다. 내가 도움을 받았다면 크든 작든 간에 기회를 만들어서 꼭 보답을 하는 것이 좋고, 반대로 내가 도울 일이 생기면 선뜻, 그리고 흔쾌히 부탁을 들어주는 것이 좋다. 주거니받거니 도움이 오가다 보면 자연스럽게 인연이 이어지는 법이니까. 나만 잘나면 되는 시대는 끝났다.

✤ 스치는 인연일지라도

나와 직접적인 관계가 없는 사람이라도 일단 소개를 받았거나 안면을 트게 되었다면 주의깊게 보고 기억해 둘 필요가 있다. 사돈의 팔촌이라도 한번 인연은 영원한 인연인 거다. 지금 당장은 나와 상관이 없을지 모르나 사람의 앞일은 알 수 없는 법. 직장생활을 하다 보면 스쳐가는 인연이라도 붙잡고 싶은 심정이 되는 때가 종종 온다 이 말씀. 눈팅 정도로 가볍게 스친 사이라도 그대가 마음먹기에 따라서는 얼마든지 내 사람이 될 수도 있다. 이 사람이다, 필이 딱 꽂힌다면 바로 작업 들어가라.

가장 무난한 방법은 e-메일을 통해 부담스럽지 않은 안부 인사를 남기는 것. 휴대폰 문자를 남기는 것은 친한 사이가 아니면 자제하라.

편지보다는 경박한 인상을 줄 수도 있기 때문.

　단, 메일이든 문자든 만난 후 하루를 넘기지 않아야 한다. 며칠 지나 연락하면 그야말로 생뚱맞겠죠?

포커페이스로 변신

남자보다 감정 표현이 풍부한 여자들은 가끔 감정을 숨기지 못해 손해를 보는 경우가 있다. 여자 직장인들이 가장 조심해야 할 부분이 바로 편가르기. 제 맘에 드는 사람과는 친형제자매처럼 지내면서 맘에 안 들면 어찌나 찬바람 불게 구는지. 입사 초년생들 가운데 이런 아마추어적인 말과 행동으로 주변의 눈총을 받는 경우가 많다. 어리다고 귀엽게 봐주는 시기는 학창 시절로 충분. 이제부터는 포커페이스로 변신하라.

❧ 내숭이 필요해

물론 마음에 안 들면서 억지로 친한 척 가식적인 행동을 하라는 것은 아니다. 하지만 자신의 취향을 떠나 인간에 대한 최소한의 예의를 갖추는 것이 기본이며, 또한 공적인 업무에서 감정 섞인 태도는 절대 삼가야 한다. 나의 웬수가 어느 날 내 직속 상사가 되기라도 하면 그때 뒷감당을 어찌하려고 그러시나.

내숭은 남자 앞에서만 떠는 게 아니다. 하루의 전부를 보내다시피 하는 직장에서야말로 적절한 내숭이 필수 덕목이라고 할 수 있다.

❖ 싫어도 일단 좋아요

인맥관리를 잘하는 사람을 보면 매사 긍정적이고 적극적인 태도를 지녔다는 공통점이 있다. 독불장군처럼 제 고집만 부린다거나 자신의 신념을 끝까지 밀어붙이는 사람들, 주변에 사람이 꼬이려야 꼬일 수 없다. 싫다고 싫은 티를 그렇게 팍팍 내다 보면 속은 편할지 모르지만 인맥의 고리는 점점 끊어져 나간다는 것을 명심하라.

누구를 대하든 상냥하고 친절할 것. 거절할 때 거절하더라도 일단 호의적인 태도를 보여준 후 부드럽게 거절하는 것이 현명한 방법이다. 적을 만들어서 좋을 게 도대체 뭐란 말인가.

❖ 편가르지 말 것

여자들은 끼리끼리 몰려다니는 것을 무척 좋아한다. 학교 때 그런 거야 뭐 이해할 수 있지만, 입사해서도 맘에 드는 몇몇 동료를 딱 찍어 놓고 그들하고만 어울리려 하는 경향이 있다는 것이다. 물론 친한 동료를 만드는 것이 나쁘다는 소리는 아니다. 하지만 그렇게 편을 딱 갈라서 생활하다 보면 폭넓은 인간관계를 만들 수 없게 된다. 친한 사람이 회식에 빠지면 덩달아 같이 빠지고, 또 자기네들끼리만 몰려다니다 보니 다양한 정보를 얻을 수 없게 되는 등 여러 가지가 손해다.

정말 친한 동료를 내 옆에 두되 타 부서 사람들하고도 골고루 섞이도록 노력해보라. 분명 플러스 되는 요인이 많을 것이다.

특히 포커페이스를 유지하기 위해서 가장 조심해야 할 것이 바로 말.
잘 알지도 못하면서 이곳저곳 말을 옮긴다거나 '너무 싫어요', '그 사람
정말 짜증나요' 등 있는 그대로 감정을 뱉고 나면 수습할 방법이 없다.
때론 싫어도 좋은 척, 좋아도 안 좋은 척할 수 있는 열린 마음을 갖도록.

사소하지만 너무 중요한 명함관리

어떤 인연을 맺는가는 명함을 주고받으면서부터 시작된다고 해도 과언이 아니다. 명함을 받아 휙 한 번 보고 가방에 아무렇게나 구겨 넣은 적은 없는지, 실컷 이야기 나누고 헤어지면서 탁자 위에 떡하니 명함을 두고 나온 적은 없는지 반성하라. 명함관리 못하는 사람치고 제대로 인맥관리하는 사람 못 봤기에 하는 소리다.

❖ 명함첩 관리 철저히

자, 명함첩을 열어보라. 언제 어디서 받았는지 기억도 안 나는 명함이 수두룩하다? 지금 당장 명함첩 정리에 들어가라. 거래처별이든, 가나다 순이든 간에 중요도순으로 정리해 두면 좋다. 또 우연히 만났던 사람이라든가 누구의 소개로 만나게 된 경우라면 그 사람의 특징이나 그날 나누었던 대화 등을 간단히 메모해 두자. 어느 날 갑자기 전화통화를 하게 되더라도 '누구시더라?' 하지는 않게 될 것이다.

❖ 수시로 안부를

명함 정리를 한 후 책상 위에 곱게 모셔 두면 무슨 소용이겠는가. 정리한 우선순위별로 안부 전화나 메일 등으로 소식을 주고받도록 하자. 가만히 앉아 있으면 누가 내게 알짜 정보를 턱턱 안겨주는 게 아니다. 부지런히 움직이면 그만큼 얻는 것도 많고, 먼저 베풀어야 돌아오는 것도 많은 법. 꼭 무슨 부탁이 있거나 용건이 있을 때만 전화를 걸지 말고, 순수한 마음으로 안부 전화나 메일을 평소에 많이 하다 보면 인연의 끈을 잘 이어갈 수 있게 된다. 또한 신선한 정보도 재빨리 얻을 수 있고.

✿ 24시간 내 연락

특히 처음 알게 된 사이라면 명함을 정리하기 전에 인사 메일을 먼저 보내보라. 자신의 존재를 다시 한번 상기시켜 놓는 것이 훗날 여러모로 이득이다. 상대에게 부담을 주지 않는 내용으로 가벼운 안부글을 보낸다면 일단 좋은 이미지로 남을 수 있다. '어제 어디서 만났던 누구입니다. 잘 들어가셨는지, 만나서 반가웠습니다…' 정도의 평범한 내용이라도 파장 효과는 생각보다 크다. 물론 이런 안부 인사 역시 만나고 하루이틀을 넘기지 말 것. 한참 뒤에 연락하면 싱거운 사람 취급 받거나 아예 기억도 못하는 수가 있을 테니까. 또 문자나 전화보다는 메일이 무난하다는 사실도 참고하자.

또한 명함의 이메일 주소는 너무 어렵지 않은 것으로 선택하라. 이름을 떠올릴 수 있거나 자신의 이미지를 쉽게 전달할 수 있는 심플한 단어 선택이 중요. 복잡하고 길고 어려운 이메일 주소는 여러모로 손해다.

사내 관계부터 돈독하게

인맥 네트워킹의 힘이 얼마나 크고 중요한지 누누이 말했다. 하지만 밖의 사람만 잘 챙기는 게 능사는 아니다. 무엇이든 기본에 충실해야 성공하는 법. 사내 인맥관리부터 차근차근 시작하자. 사내에서 누구와 어울리고 어떤 사람과 정보를 공유하느냐에 따라 내가 쑥쑥 클 수도, 만날 제자리걸음일 수도 있다는 사실을 유념하자.

❀ 핵심 인물과 사귀라

성공적인 회사생활을 위해서는 무엇보다 정보에 빨라야 한다. 그러기 위해서는 상사, 동료, 후배, 타 부서 직원 등 지위고하를 따지지 말고 사내 정보 네트워크의 핵심에 있는 인물과 친분 관계를 돈독히 유지하는 게 좋다. 조직 속에서는 늘 정보가 있는 곳에 사람이 모이기 마련. 교제를 통해 회사 동료들을 비롯해 다양한 인간관계를 다지는 사람이 성공 확률이 높다는 말이다.

❀ 상사와 친하게 지내라

직장상사는 밉든 곱든 간에 내 업무의 리더이자 사내 인맥 형성의 중요한 안내자라는 점을 명심하자. 물론 자신의 업무 능력을 평가하고 지도하는 상사가 마냥 편할 리는 없다. 하지만 상사와의 관계가 어려워질수록 당신의 회사생활 또한 힘들어질 수밖에 없다.

의식적으로 상사를 존경하도록 노력하고 끊임없이 조언을 구해보자. 당신이 하기에 따라 상사는 반드시 좋은 인맥을 소개시켜주고 늘 자기 가까이에 두려 할 것이다. 그의 인맥을 내 인맥으로까지 만들 수 있다면 그야말로 일석이조!

❧ 점심시간을 잘 활용하라

점심시간에 꼭 약속을 만들어 밖으로 도는 사람들, 왕따를 자처하는 것이나 다름없다. 중요한 약속이 아니라면 주3회 정도는 사내 사람들과 점심을 같이하자. 한두 번 점심 멤버에서 빠지다 보면 나중에는 아무도 그대의 식사를 챙기지 않을 것이다.

만약 떠오르는 사내 핵심 인물이 있다면 커피라도 한 잔 뽑아주면서 말하는 시간을 갖도록 하라. 가장 자연스럽게 친해질 수 있는 절호의 기회 아닌가. 업무 이외의 사적인 공감대를 형성하기에는 점심시간만큼 좋은 기회도 없다. 사적인 공감대가 공적인 업무 진행에 직접적인 영향을 끼치기도 한다는 것을 기억하라.

❧ 모임에 빠짐없이 참석하라

사내의 연구 모임이나 취미 서클, 동기 모임 등에는 되도록 빠짐없이 참석하자. 가능하다면 모임의 주도적인 인물이 되는 것도 좋겠다. 인라인, 사이클, 수영 등의 운동을 함께하며 시원한 물 한 잔 들이켜는 순간 유대 관계는 이미 끈끈해져 있을 것이다.

이왕이면 내게 도움이 되는 사람과 같은 클럽이면 더 좋겠지? 일만 잘하면 됐지 사사로운 인간관계에까지 신경쓰기는 싫다고? 사회 공부 좀더 하셔야겠다!

그대가 외모에
신경써야 하는 이유

옷차림도 전략이라는 말, 괜한 소리 아니다. 그저 일만 잘하면 됐지 하던 시대는 물 건너 갔다 이거다. 꼭 명품에 트렌디한 옷으로 빼입어야 맛은 아니지만, 적어도 내 개성과 품위를 드러낼 정도로는 꾸밀 줄 알아야 한다. 스타일이 내 이미지에 미치는 영향은 생각보다 훨씬 크기 때문.

✤ 겉모습도 중요하다

외모가 다는 아니지만, 사람들은 대부분 겉모습을 보고 그 사람에 대해 대충 파악하게 된다. 이왕이면 세련되고 단정한 이미지를 드러내서 손해볼 게 무어란 말인가.

특히 여성들은 옷차림과 꾸미기에 따라 이미지가 확연히 달라진다. 때에 따라서는 그 사람의 업무 능력까지도 미루어 짐작케 해주는 게 바로 이 '스타일'이란 것. 특히 홍보나 마케팅 부서 담당자들은 외부업체 사람들을 자주 만나게 된다. 실력이나 성격만큼 중요한 게 옷 입는 스타일링이란 사실, 겪어보면 알 것이다.

❈ 인맥을 트는 이미지 메이킹

그만큼 사람이 풍기는 스타일과 이미지가 '나'를 말해주는 것이리라. 그렇다고 무조건 예쁘게 꾸미라는 말이 아니라 어떤 식으로든 나의 스타일을 보여줄 수 있어야 한다는 말이다. 왠지 끌리게 만드는 사람, 편안하고 정감 어린 느낌을 주는 사람으로 보인다면 인맥 트기는 훨씬 쉬워지기 때문이다.

왜 주는 것 없이 미운 사람이 있는가 하면 괜히 말이라도 한번 걸고 싶어지는 사람이 있지 않은가. 소박한 이미지든 귀여운 이미지든 지적인 이미지든 간에 내게 어울리는, 그리고 호감 가는 이미지 메이킹을 하도록 애쓸 것.

❈ 이왕이면 다홍치마

장소와 분위기에 맞는 스타일을 연출할 수 있는 것도 큰 능력이다. 특히 여러 사람이 모이는 공식적인 자리라면 좀더 신경써서 나가자. 무릎 나온 청바지에 부스스한 머리, 어울리지 않는 메이크업을 한 사람보다는 모임의 성격에 맞게 잘 차려입고 세련된 매너를 보여주는 여성에게 더 많은 관심이 쏠리는 것은 당연지사다. 내용물이 좋아야 하는 것은 기본이고, 눈길을 확 끄는 포장과 데커레이션은 경쟁시대의 필수 항목이 되었다 이 말씀. 보기 좋은 떡이 먹기도 좋고 사람들에게 잘 팔리는 법이다.

❀ 한번의 이미지가 평생을 좌우한다

자기관리를 하지 않는 사람에게 매력을 느끼기는 쉽지 않다. 특히 잘 모르는 사람을 수시로 만나게 되는 직업이라면 그야말로 옷차림이 바로 나를 대변해주는 것. 한번의 이미지가 인맥을 이어주기도 하고 새로운 인연을 터주기도 한다는 것을 명심하자. 그러기 위해서는 나를 위한 투자를 아끼지 말아야 할 것이다. 인간관계에 있어서 외모가 전부는 아니지만, 무시할 수 있는 것은 더더욱 아니기에 하는 소리다.

상사가 끌어주는 줄 타기

결론부터 말하자면 아부가 아닌, 정말 상사를 배려하고 존중하는 마음의 끌어주는 줄을 타고 성공하는 방법이다. 흔히 직장에서 성공하기 위해 고 밑에서 밀어주면 최상이라고 한다. 윗사람들에게 신임을 얻어 선배들이 아랫사람들에게 신망을 얻어 후배들이 밀어주면 승진 정도는 보장된다는 것. 특히 후배들에게만 인기 있고 선배들이 싫어한다면 그 사람의 길은 막히지만, 윗사람이 끌어주면 후배들에게 다소 인기가 없더라도 충분히 극복이 가능하다.

❊ 보고가 핵심이다

우선 맡은 일에 대해 보고를 충실히 한다. 보고는 일을 마친 후의 완료 보고보다 일이 진행되는 상황을 보고하는 중간 보고가 핵심이다. '강 대리, 지난번에 맡긴 일 어떻게 되고 있나?' 하고 상사가 묻기 전에 찾아가서 보고하자. '과장님, 맡기신 일은 이러저러해서 현재 여기까지 진행되고 있습니다. 향후 추진 계획은 이렇습니다' 라고 한다면, 보고를 받는 동안 상사는 부하 직원의 업무 장악력과 추진력, 꼼꼼함을 한눈에 파악할 수 있어 좋다.

또한 사소한 애로 사항이라도 보고하는 습관을 들이자. 상사는 느긋이 이 애로 사항에 대해 조언해줄 것이고, 그러면 자신이 아랫사람을 지휘하고 있으며 전체 일정을 조율하고 있다는 즐거움에 빠질 것이다. 당연히 상사의 감동은 두 배가 되고, 아랫사람에 대한 신임도는 높아질 수밖에.

❀ 상사의 체면을 사수할 것

공개적인 자리에서는 상사의 체면을 철저히 지켜주자. 특히 회의 같은 공적인 자리 외에도 사내에서는 가급적 상사의 의견을 정면으로 반박해 여러 사람 앞에서 무안을 주는 일이 없어야 한다. 일대일 대화나 지극히 개인적인 자리라면 이를 지적하고 개선을 요구할 수 있지만, 그것도 최대한 공손한 말투로 의견을 전달해야 한다.

만약 그대가 상사보다 더 높은 직위의 사람에게 칭찬을 듣게 된다면 '김 과장님의 조언과 지도가 있었기에 가능한 일이었습니다' 라는 말을 잊지 말자. 단, 너무 아부성으로 느껴지지 않을 정도로 할 것. 옆에 있던 김 과장은 생각지도 못한 칭찬에 덤으로 사장의 신임을 얻을 수 있고, 그대는 '능력있는 친구가 겸손하기까지 하다' 는 평을 들을 것이다.

❀ 존경심을 보일 것

상사에게 존경심을 보여야 한다. 만약 당신이 불가능한 일을 지시받았다면, 우선은 그 일이 가능하지 않은 이유를 차분하고 공손히 설명할 수 있다. 그러나 상사는 때때로 이를 무시하고 자신이 지시한 일을 밀어붙이려고 한다. 이럴 때 당신은 '짜증나게 되지도 않는 일을 시킨다' 는 태도를 보여서는 안된다. '어렵겠지만 최선을 다하겠습니다' 하고 말한 뒤 눈치를 봐가며 충실히 일을 진행한다.

존중받고 있다는 느낌을 좋아하지 않는 사람은 없다. 윗사람은 특히 아랫사람들에게 사소한 일이라도 존중받고 싶어한다는 사실을 명심할 것.

특별한 인상을 반드시 남기라

중요한 모임에 참석했거나 꼭 필요한 사람을 소개받더라도 결국 인맥을 이어가는 것은 '자기 하기 나름' 이다. 아무리 주변에서 이러쿵저러쿵 설명을 해준다 해도 보여지는 내 이미지가 나를 대변해주는 법. 어떤 자리에서 누굴 만나든 특별한 인상을 남기고 좋은 느낌을 주기 위해서는 남모르는 노력이 필요하다.

⚜ 기본에 충실하라

똑같은 상황에서 사람을 만나도 왠지 유독 기억에 남는 사람이 있다. 흔히 '느낌' 이 있는 사람들 말이다. 물론 이런 '필' 을 갖춘 사람이 되는 것은 하루아침에 이루어지는 일은 아니지만, 조금만 신경쓰고 노력하면 인상깊은 사람이 될 수도 있다.

테이블 매너가 반듯하고 세련되다든지, 경박하지 않은 웃음소리를 낸다든지, 적절한 제스처와 유머로 분위기를 띄운다든지 하는 것 등등 특별한 인상을 남기는 방법은 여러가지다. 특히 상사들을 모시는 자리라면 예의바른 몸가짐, 단정한 옷차림은 기본이다. 안 보는 것 같지만 윗사람들은 다 예의 주시하고 있다.

❖ 눈을 보고 정확하게

사람들의 입소문은 무섭다. 내가 무심코 한 행동이나 말실수 하나도 잘못 전해지다 보면 완전히 이미지를 구기기 십상. 따라서 누구를 만나든 항상 정확하게 말하는 습관을 들이는 것이 중요하며, 대화를 할 때는 꼭 눈을 보며 말하도록 하라.

물론 남의 이야기를 잘 경청해주는 것도 특별한 인상을 남기는 데 꼭 필요한 요소다. 이리저리 눈을 굴린다든가 분주하게 기웃거린다든가 하는 행동을 보인다면 그 누구도 그대를 신중하고 믿을 만한 사람으로 보지 않을 것이다.

❖ 기억에 남는 말 한마디

사람의 수준을 가장 잘 대변해주는 게 바로 말이다. 말 한마디만 제대로 해도 절대 잊혀지지 않는 사람으로 남을 수 있다는 뜻. 꼭 의미심장한 말이 아니어도 좋다. 상대방을 칭찬하는 말이나, 공통의 화제에 대해 조리 있게 하는 말, 아니면 평범한 이야기도 때론 감동을 줄 수 있다. 물론 말솜씨는 타고나는 경우가 많지만, 만약 말주변이 없다면 언변이 뛰어난 사람들을 주의깊게 관찰해보라. 그들의 주변에 사람이 늘 꼬이는 이유를 알 수 있을 것이다.

❖ 만반의 준비를

이 모든 것이 가능하게 되려면 우선 열린 마인드를 갖는 게 중요하다.

사람 만나는 데 관심도 없고 그 중요성도 모른다면 상대방에게 잘 보이기 위해 애쓰지도 않을 것이며, 좋은 이미지를 남기려야 남길 수도 없다. 누구를 만나든 자신을 세일즈하고 PR할 수 있는 만반의 준비를 하고 있으라. 인연의 줄이 던져졌을 때 냉큼 잡으려면 말이다.

친구야말로 소중한 인맥

자고로 친구를 잘 두라는 말, 어려서부터 귀에 못이 박히도록 들어왔을 것이다. 어른들 말씀 하나 틀린 게 없는 것이 친구를 잘 두면 내 위치도, 인맥도 덩달아 업그레이드 되니 친구관리 제대로 하라. 쓸데없이 남 잘되는 것 시기, 질투하지 말고 오히려 잘되도록 기도하고 응원하는 게 현명한 처세. 인맥관리는 먼 데 있는 게 아니다.

❀ 친구가 고객이다

거래처와의 약속은 칼같이 지키면서 친구와의 약속은 미루고 대수롭지 않게 여기는 그대, 그러다 큰코다칠 날 온다. 이제 사회생활을 하기 시작한 그대와 그대의 친구는 사적인 우정을 넘어 비즈니스 파트너가 될 수도 있는 중요한 관계다. 평소 친구관리를 제대로 못하다 보면 부탁을 하거나 아쉬운 소리를 해야 할 때 곤란해진다. 친구라고 봐주리란 착각은 금물. 어떨 땐 남보다 더 냉정한 게 친구일 수 있다.

❀ 정보를 공유하라

만나면 그저 남자 이야기, 회사 상사 뒷담화로 시간 보내지 말고, 서로 정보를 공유할 수 있는 영양가 있는 이야기를 나누자. 요즘 업계의 근황, 새로 맡은 프로젝트에 대한 아이디어 등등 오가는 대화 속에 알짜 정보를 얻을 수도 있고, 또 관련된 사람을 소개받을 수도 있다. 중요한 것은 일단 내 이야기부터 늘어놓아야 한다는 점.

⚜ 친구가 아는 사람

남자들은 모르는 사이라도 한잔하면서 금세 인맥을 확장하는 반면 여자들은 그런 면에서 조금 약하다. 만나더라도 그때뿐 돌아서면 연락 한 번 하지 않으니 말이다. 앞으론 좀더 공격적으로 인맥 작업을 할 필요가 있다. 여기저기 관계가 있겠다 싶은 사람들을 소개해주고 또 나도 필요한 사람을 열심히 소개받는 등 폭넓은 네트워크를 형성하라. 친구가 아는 사람을 내 친구로 만들기 위해서는 물론 적잖은 시간과 돈을 투자해야 하지만, 많이 뿌려야 풍성하게 거두지 않겠는가.

아, 그렇다고 꼭 잘나가는 친구만 관리하라는 뜻은 아니다. 평소 인간 관계를 소중하게 생각하고 잘 챙기다 보면 좋은 인연을 많이 맺게 되고, 또 업무상으로 도움받을 일도 자연스럽게 해결될 수 있다는 얘기다.

자, 내 친구들이 무슨 회사에서 어떤 일을 하고 있는지, 어떤 사람들을 만나 도대체 무슨 이야기를 나누는지 관심을 가져보라. 알고 있는 인맥관리만 잘해도 파생되는 효과가 엄청나다는 사실. 단, 그걸 인맥 확장의 기회로 만드느냐 못 만드느냐는 순전히 그대의 몫이다.

인맥 따라 강남 간다

어떤 회사에서 일하는가보다 지금 내가 '누구와 일하고 있는가' 가 더 중요할지도 모른다. 한마디로 어떤 동료와 상사를 주변에 두고 있는가에 따라 그대의 미래가 바뀔 수도 있다는 말이다. 실제로 발넓은 동료나 사수를 만나 제 실력보다 훨씬 좋은 회사로 점프해서 가는 경우가 심심치 않게 일어난다는 사실. 인간 네트워크를 잘 관리해 두면 좋은 기회를 많이 얻을 수 있어 유리하다.

❧ 정보에 빠르다

요즘 기업은 정기 채용 외에도 수시 채용을 하거나 가끔 한두 명 정도 충원을 할 때가 많다. 이럴 때 바로 인맥의 힘이 효과를 드러낸다. 백 좋은 사람과 사귀어서 낙하산을 타라는 소리가 아니라, 평소 다양한 인맥을 잘 관리해 둔다면 적어도 누구보다 빠르게 이런 정보를 접할 수 있다는 것이다. 충분히 갈 수 있는 자리인데도 몰라서 못 가는 경우가 생겨서야 되겠는가.

이런저런 정보원들이 그대의 주변에 있다면 항상 남보다 빠른 정보를 접할 수 있다.

✤ 소개의 힘

종종 사수를 잘 만나면 취업의 길이 더 쉽게 열리기도 한다. 나보다 경력이 많고 인맥의 폭도 넓은 직장 상사나 사회 선배들은 잘 사귀어 두면, 나에게 어울리는 일자리를 알아서 찾아주는 경우가 많다. 실직했을 때, 정말 원하던 곳으로 이동하고 싶을 때 이런 인맥을 활용하면 좀더 쉽게 길을 찾을 수도 있다는 뜻이다. 나를 잘 아는 사람이기 때문에 적합한 포지션을 소개해주기도 하며, 또 소개받은 곳에서도 믿고 채용하게 되니 일석이조.

물론 그대의 자격이 갖춰져 있어야 함은 기본이다. 소개를 받고도 떨어지는 일이 생기지 않게 평소 실력을 탄탄하게 쌓아 둘 것.

✤ 사정을 말하라

그러니 내 형편과 처지를 공개적으로 소문내고 다니는 게 절대적으로 필요하다. 회사를 옮기고 싶다거나 새로운 직장이 필요하다면 혼자서 끙끙대며 직업 사이트나 뒤지지 말고 여기저기 전화로, 메일로, 메신저로 나의 사정을 말해 두자. 지금 당장 좋은 콜을 받을 수는 없겠지만 인맥 풀이 가동되면서 이런저런 뉴스와 정보를 날라다줄 것이다.

그대가 입을 다물고 있으면 아무도 도와줄 수 없다. 친구 따라 강남 가는 것도 다 미리미리 가고 싶다고 노래를 불러 놔야 가능한 일이다. 단, 현재 다니는 직장에 누가 되지 않도록 비밀 유지는 필수!

물론 이처럼 소개를 통해 취업의 길이 열린 경우 소개해준 사람의 얼굴을 생각해서라도 입사 후 훨씬 더 많이 노력해야 한다. 좀더 센스가 있다면 소개해준 사람과 새로운 직장 상사와 셋이 만나는 자리를 만들어 다시 한번 끈끈한 관계임을 각인시켜 둘 것.

사람은 포기하지 말라

천성적으로 붙임성이 좋거나 털털한 성격의 소유자라면 쉽게 사람들과 가까워질 수 있겠지만, 우리 같은 평범한 사람들은 그게 말처럼 쉬운 게 아니다. 아무리 마음을 열고 이런저런 이야기로 친한 척한다 한들 어색하고 서먹하긴 매한가지. 그렇다고 섣불리 포기하는 것은 금물이다. 조금씩 천천히 다가가되 끊임없이 정진하라.

❧ 친구를 사귀는 게 아니다

한두 번 만나고 나서 상대방을 쉽게 판단하는 버릇은 가급적 빨리 버리자. 물론 그대의 직관이 아주 틀린 것은 아니겠지만, 사회생활에서의 인맥은 학창 시절 단짝 친구를 사귀는 것과는 조금 차이가 있다. 비록 내 성격과 죽이 척척 맞는 사이가 아니라도 '비즈니스 파트너'로서 꼭 만나야 하는 경우가 있단 말이다. 맘에 안 든다고 쉽게 불평을 늘어놓거나 그 사람에 대해 흉을 늘어놓으려는 것은 유치한 발상이다. 같이 살 것도 아닌데, 그저 업무상 껄끄러워지지 않게 부드러운 관계를 유지하기만 하면 된다.

❧ 좋은 점부터 발견하라

사람은 누구나 남의 장점보다 단점을 훨씬 빨리 발견한다. 게다가 그 걸 덮어주거나 그러려니 하기보다는 침소봉대해서 부풀리기를 좋아한다. 이런 시선으로 사람을 대하다 보면 사회에서 인맥 쌓기는 그야말로 하늘의 별따기가 된다. 의식적으로 상대방의 좋은 점을 발견하고 배우려고 애써보자.

'까다롭네' 하고 생각이 든다면 '꼼꼼하고 철저하구나' 라고 바꿔 생각하고, '잘난 척하기는' 이라고 말하기보다 '뭔가 잘난 사람이라면 분명 배울 게 있겠지' 하고 긍정적으로 바라보자. 금세 친해지기 어려운 사람들이 한번 가까워지면 정말 끝내주는 의리를 보여주는 경우가 많다.

❧ 기다림이 필요하다

사회에서 만나게 된 사람들에게 처음부터 큰 기대를 하다 보면 실망도 빨리 하는 법이다. 조급하게 친해지려 애쓰지 말고 한 박자 천천히 다가가라. 또 경우에 따라서는 너무 한꺼번에 큰 관심을 쏟아붓고 넘치도록 퍼주는 것이 상대에게 부담이 될 수도 있다는 것을 기억하자. 잘해주려고 한 것이 오히려 역효과를 낼 수도 있다는 소리.

꼭 부딪치게 될 사이인데 잘 맞지 않는 상대라면, 그저 묵묵히 한결같은 모습을 보여주는 편이 훨씬 효과적이다. '왜 내게 그리 비협조적이냐' 고 흥분해서 따지지 말고 스스로 마음을 열 때까지 조용히 기다려주자.

사람과 연(緣)을 맺는 것은 생각보다 쉬운 일이 아니다. 인연을 이어 가는 것은 더더욱 어려운 일일 것이고. 성급하게 친해지고 후닥닥 내 인 맥으로 만들 수 있다는 자만심을 버리자. 진실된 마음으로 대하고 끈기 있게 기다리다 보면 서로의 타이밍이 딱 맞는 순간이 올 것이다.

입단속 말단속

사회생활에서 말 한마디의 힘은 정말 대단하다. 적절한 타이밍에 던진 적당한 말 한 마디가 그 사람을 실제보다 대단해 보이게도 만들고, 반대로 완전히 이미지 구기게도 하는 법. 특히 인간관계의 시작과 끝은 바로 이 '말' 이라고 해도 과언이 아닐 것이다. 똑같은 말도 정떨어지게 하는 사람이 있는가 하면 한마디를 해도 힘있고 믿음이 가는 경우도 있다. 힘들게 맺어온 인연을 한순간에 무너뜨리는 말을 두려워하라.

❖ 과하지 않게

말이라는 것은 항상 지나치면 모자람만 못하다. 한번 뱉은 말은 정말 이지 주워 담을 수도 없고 수습할 방법도 영영 사라진다. 적당한 말을 찾지 못하면 차라리 입을 다물라고 권하고 싶을 만큼 사회생활에서는 말조심해야 한다.

자기 딴엔 친한 척한답시고 분위기 좀 띄워보려고 그랬는지 모르지 만, 그저 시끄럽게 떠들어댄다고 능사가 아니란 말이다. 쉴새없이 조잘 조잘대는 것은 학창 시절 친구들과의 수다로 충분하다. 말이 많으면 실 수도 많아지는 법 아닌가.

⚜ 소문내지 말란 말이야

'김 대리가 이혼했다면서요?', '저도 들은 이야긴데, 집안 사정이 좀 어렵대요' 등등 악의 없이 소문을 퍼뜨리는 것도 조심해야 한다. 여기 저기 쓸데없는 말이나 떠벌리고 다니는 한심한 사람으로 보일 수 있다. 업무상의 과실은 얼마든지 용서받을 수 있지만, 이처럼 인간적인 신뢰가 깨지면 관계를 회복하기가 참 힘들다. 두 번 다시 상대방의 얼굴을 보기 힘들어진다.

좋지 않은 이야기라면 내 선에서 묻어 두고 더 이상 확대시키지 말자. 더욱이 잘 모르는 상황이라면 더더욱 입조심할 것.

⚜ 메신저 대화 조심

특히 메신저를 통해 대화를 나눌 때는 각별히 더 주의해야 한다. 가장 많이 저지르는 실수는 대화명을 착각해서 엉뚱한 사람에게 말하는 경우. 실제로 자기 동료의 흉을 보려고 친구 이름을 클릭한다는 것이 실수로 그 동료의 대화명을 클릭해서 한참 신나게 욕을 했다는 사람을 많이 봤다. 수습하려야 할 수 없는 대형사고인 셈. 제아무리 끈끈한 사이였다 한들 그때부터 남보다 더 못한 사이가 될 것은 자명하다.

또 글이라는 것은 말과 달리 토씨 하나에도 어감이 완전히 달라지게 되니, 명확한 표현으로 정확하게 의사를 전달하도록 신경써야 한다.

말은 습관이요, 습관은 얼마든지 고칠 수 있다. 자꾸 부정적이고 공격적인 말을 하다 보면 주변 사람이 점점 멀어지게 된다. 이왕이면 따뜻하고 정감 어린 말을 해서 그대의 주위로 사람을 끌어모으라. 인맥을 탄탄하게 하는 법, 말로 시작해서 말로 끝난다 해도 과언이 아닐 것이다.

열심히 소문내라

우리나라 사람들은 대체로 자기를 알리는 데 약한 편이다. 자랑이 아닌 있는 그대로의 사실임에도 불구하고 왠지 드러내는 것은 낯간지럽고 쑥스러운 일이다. 하지만 인맥을 맺고 얽히기 위한 기본 원칙이 바로 '나'를 오픈하는 것이다. 세상에 독불장군은 없고 혼자 잘나서 크는 데는 한계가 있다. 인맥의 줄을 잘 타려면 스스로를 열심히 소문내라.

❀ 그냥 그런 일 해요

직업을 물어보면 대충 이렇게 얼버무리는 습관, 특히 여자들에게 더 많다. '그냥 평범한 회사원이에요', '인터넷 관련… 뭐 그런 일 해요', '디자인 계통인데 아마 잘 모르실 거예요' 등등. 속시원히 말해주기는 커녕 자기 일을 축소해서 말하는 경향이 있다. 자기가 하는 일을 구체적으로 말하는 버릇을 들이자. 그럴 때 나를 도와줄 사람들이 생긴다. 자신을 더 이상 베일 속에 가둬 두지 말자.

❀ 잘하는 것을 알리라

그래도 이거 하나는 남보다 잘한다 싶은 게 누구나 한 가지는 있을 것이다. 상사에게 인정받았던 부분이라든가, 누구 앞에서나 자신있게 말할 수 있는 일들이 있다면 자연스럽게 말을 흘려라. 예를 들어 해외여행 경험이 많다는 이야기를 하고 싶을 땐 외국에서 겪은 재미난 에피소드를 이야기함으로써 간접적으로 알릴 수 있고, 회사에서 승진한 이야기나 남다른 특기 혹은 취미도 스치는 이야기 속에 자연스럽게 녹여서 말하면 효과적이다. 노골적으로 잘난 척하지 않되, 은근히 나를 알릴 수 있는 길을 찾아내야 한다.

✤ 인맥을 공개하라

인맥을 공유하려면 내 인맥을 먼저 공개해야 한다. 내가 누구와 어울리고 친분이 있는지를 말하다 보면 상대방의 백그라운드도 드러나기 마련. 내게 도움이 될 만한 사람을 소개받을 수도 있고, 전혀 새로운 비즈니스가 연결될 수도 있다. '제 주변에 중국 무역을 하는 사람이 있는데요…' 라거나 '컴퓨터 도사가 한 명 있는데…' 라는 식으로 주변 이야기를 꺼내다 보면 예상치 못한 인연이 창조된다는 것을 명심하라.

거창하게 대단한 것만 생각지 마시라. 어찌 보면 말할 거리도 아닌 평범한 일, 자기 소개, 그리고 내 주변 이야기겠지만 말을 하는 것과 드러내지 않는 것은 엄청나게 다른 결과를 낳을 수도 있다. 내가 잘하는 것, 나의 경험과 재미있는 아이디어 등을 자꾸 소개하고, 알리고, 도움을 청하라. 사람 일 정말 알 수 없는 것이니까.

골고루 사귀세요

신입 사원들은 아직도 학창 시절의 버릇을 벗지 못해 사내에서도 애송이 티를 팍팍 내서 문제다. 특히 여자들은 맘에 맞는 사람끼리만 어울리려는 성향이 강한데, 여자라는 이유로 대충 봐주겠지 하는 착각은 이제 그만 벗어던지자! 누가 봐도 인간관계가 별로인데다 꽁한 성격의 소유자로밖에 안 보일 테니까.

❖ 속마음 좀 숨기세요

솔직히 남자들이 여자들보다 질투도 강하고 알고 보면 삐치기도 잘한다. 하지만 여자와 남자의 다른 점은 여자들은 얼굴에 표를 내는 반면 남자들은 속내를 쉽게 드러내지 않고 안 그런 척~한다는 점이다. 사회 생활을 하려면 어느 정도의 내숭이 필요하다고 누누이 말했다. 가식적으로 생활하라는 뜻이 아니라 좀 마음에 안 차고 못마땅해도 업무상 표정 관리를 할 필요가 있단 소리다. 단짝 친구하고만 밥 먹고 화장실 갈 때도 우르르~, 꾸지람 좀 들었다고 상사에게 반항하는 티를 팍팍 낸다면 사내 네트워크는 그야말로 낙제 점수다.

❧ 잘나가는 사람하고만

인맥관리를 한답시고 사람을 차별해서 사귀거나 별 영양가 없는 사람을 무시하는 행동을 보인다면 완전히 초보자 수준이다. 누구에게나 배울 점이 있고 얻을 점이 있으며, 언젠가 돌고 돌아 만나게 될 사람들이란 것을 잊지 말자. 지금 조금 잘나간다는 이유로 친한 척 들러붙거나 배경이나 학벌만 보고 어울리다 보면 결국 그대도 필요에 따라 이용만 당하고 만다.

편가르지 말고, 또 쉽게 판단하지도 말고 모든 사람을 귀하게 여기자. 사람을 소중히 여기는 마음이야말로 인맥의 기본 정신이다.

❧ 남자 직원들과 친하게

꼭 남자들하고만 어울려도 문제겠지만, 보통 직장에 다니는 여자들은 여자들하고만 어울리려는 경향이 강하다. 회식은 꼭 1차에서 빠진다거나(집에 간다 그러고는 꼭 여자들끼리 차 마시러 가더라) 체육대회, 등산대회 같은 커뮤니티 활동에는 나 몰라라 하면 정말 곤란하다. 승진하고 사내에서 입지를 굳히려면 남녀 차별 없이 모두 관리해줘야 한다.

특히 남자 직원들과 어울리면 쏠쏠한 정보가 많다는 사실. 술자리에서, 사석에서 돌고 도는 이야기를 은근슬쩍 주워 들을 수도 있고, 요즘 회사 돌아가는 사정도 파악할 수 있어 매우 유익하다.

또 하나, 거래처 사람과도 좀더 적극적으로 사귀자. 사람을 만나는 것

은 신중해야 하지만 사람을 두려워해서는 안된다. 업무 후 술 한잔 하면
서 돈독하게 정을 나누어도 좋고, 또 코드가 맞아 언니, 동생 하는 사이
로 발전시킬 수 있다면 일석이조 아니겠는가.

너무 적극적으로 대시하면 자존심 상한다고? 지금 연애하자는 이야
기도 아닌데 뭘 그리 오버하시나?

인맥의 소중함을
모르는 그대에게

무난히 졸업하고 적당한 회사에 입사해 그저 평범하게 직장생활을 하다가 결혼과 동시에 때려 치울 생각이라면, 아무리 인맥의 소중함을 강조해도 와 닿을 리 만무하다. 하지만 작더라도 소박한 꿈이 있고 내 일에 대한 욕심, 미래에 대한 비전이 있는 사람이라면 사회생활 입문과 동시에 인맥의 소중함, 중요성에 대해 몇 번이라도 상기하자.

❧ 인맥은 생활이다

인맥이 꼭 승진이나 전직, 새로운 일을 찾을 때만 힘을 발휘하는 것은 아니다. 인맥을 통해 정보를 입수함으로써 얻어지는 생활 속의 이득이 얼마나 많은 줄 아시는가. 브랜드 홍보를 하는 거래처 대리의 친구 때문에 비싼 코트를 직원가로 저렴하게 사는 경우도 있고, 발 넓은 미식가 동료 덕에 아버지 환갑 잔치를 근사한 식당에서 저렴한 가격에 치르기도 한다. 웹 마스터 후배가 회사 홈페이지를 싼 가격에 만들어줘서 회사에서 칭찬받은 일도 있었다.

인맥은 뜬구름 속 이야기가 아니라 내 생활에 도움을 주는 나의 휴먼 네트워크란 걸 잊지 말자.

⚜ 타인에게 관심을

  나 혼자 외딴 섬에 살지 않는 이상 사람은 누구나 타인과의 관계 속에 엮이고 생활할 수밖에 없다. 뭐 그렇다고 눈에 불을 켜고 이른바 '백 있는' 사람을 쫓아다니라는 말이 아니라, 누구를 만나더라도 소홀히 대하지 말라는 소리다. 그러기 위해서는 먼저 사람에 대해 관심을 가지는 게 순서다. '아, 이런 사람이구나. 이런 일을 하고, 또 이런 재주가 있었네?' 등등 사람을 좋아하고 만나려 애쓰다 보면 이런저런 인연이 자연스럽게 생기게 된다. 문제는 이렇게저렇게 얽힌 관계를 어떻게 잘 유지해가느냐 하는 것이다.

⚜ 손익 계산은 나중에

  초보자들은 당장의 손익에 따라 가볍게 행동해서 늘 문제가 되곤 한다. 돈도 그렇고 사람도 그렇고 그 자체가 목적이 되어서 전전긍긍하다 보면 결국 얻는 것도 없고 품격도 떨어지게 된다. 자자, 인맥을 관리한다는 것은 내 이익을 위해서 타인을 이용하고 활용하라는 뜻이 아니다. 사람에게 관심을 갖고 소중하게 대하고 또 자주 만나다 보면 그런 네트워크가 힘을 발휘해서 때론 예상치 못한 유익을 가져다줄 수도 있다는 점이다. 이 사람은 필요하니까 가까이 챙기고, 저 사람은 별 도움이 안 되는 것 같다고 섣불리 판단하지 말 것. 그러다 뒤통수 맞는 경우 종종 봤으니까.

인맥이 왜 내게 필요한지, 귀찮게 그런 관리는 왜 해야 하는지 이제 감이 오시는가? 누굴 만나도 흥, 그 사람이 뭘 하고 어떤 사람인지 들어도 흥, 하는 마음이라면 사회생활 조금 힘들어질 것이다. 그대 혼자 끙끙대며 보고서 작성에 열 올릴 때 그대의 경쟁자는 명함첩부터 펼쳐 놓고 여기저기 전화부터 걸어볼 테니까.

기꺼이 도와주라

늘 주변에 사람이 많고 다양한 지인 리스트를 확보한 사람들을 보면 부러운가? 물론 언제든 나를 도와줄 아군이 든든히 버티고 있다는 게 사회생활에 얼마나 큰 힘이 되는지 모른다. 하지만 세상에 공짜는 없는 법. 도움을 받기 위해서는 나도 끊임없이 베풀어야 한다. 내가 상대방의 버팀목이 되어줘야 그도 내게 그늘을 만들어준다는 중요한 진리를 빨리 깨닫고 현실에 적용해보라.

❀ 기초를 튼튼히 해준다

지금 당장 전화해서 불러낼 수 있는 사람이 많으시다고? 그리 쉽게 자만하지 말지어다. 그대가 실직했을 때, 지금처럼 잘나가지 않을 때라도 과연 그럴까 한번쯤 고민해보자.

끈끈한 우정, 돈독한 관계는 어려울 때 형성되는 법. 내가 잘나갈 때 잘해주는 사람 말고, 내가 어렵고 힘들 때 도와주고 챙겨주는 사람을 잊을 수 없듯이, 내 인맥의 뿌리를 단단하게 하기 위해서는 없을 때 전화하고 힘들 때 열심히 거들어주란 말이다. 이렇게 다져진 인간관계는 웬만한 바람에도 흔들리지 않을 만큼 단단해진다.

❧ 믿을 만한 사람으로 인정

눈앞의 이익에 폴짝거리지 않고 늘 변함없이 일관된 모습을 보여주는 게 인간관계에서는 무엇보다 중요하다. 한마디로 '믿을 수 있는 사람'이 되는 것 말이다. 그러기 위해서는 다른 사람이 별볼일 없어졌을 때 조금 진득하니 믿고 기다려주는 아량을 베풀어야 한다. 내게 도움이 될 만한 사람을 찾아 여기저기 철새처럼 날아다니지 말고, 한번 우정을 영원히, 한번 인연을 소중히 관리한다는 좀더 장기적인 안목으로 말이다. 사람이 진국인지 아닌지는 이럴 때 쉽게 판가름난다.

❧ 마지못해 하지 말고

할 것 다하면서 욕먹는 사람들이 주변에 꼭 있다. 이들의 특징은 결국 다 해줄 거면서 투덜거린다거나 엄청 생색을 낸다는 점이다. 이왕 도와주고 봐주기로 했으면 기꺼이, 선뜻, 그리고 원하는 것보다 넉넉하게 베풀어야 효과가 난다. 도와주면서 욕먹고, 베풀면서 인색하다는 소리를 듣고 싶지 않다면 말이다. 마지못해 눈치 보면서 하지 말고 미리 나서서 적극적으로 챙겨보라. 그리 멀지 않은 날에 더 큰 도움을 받을 일이 반드시 생긴다고 믿으라.

참고로 누군가를 도울 때 가장 좋은 것은 부탁하기 전에 미리미리 알아서 돌보는 것이다. 부탁하는 사람, 형편이 어려운 사람의 심정을 미리 헤아려 사소한 것부터 챙겨주는 지혜가 필요하다는 말이다. 고마움은

두 배가 되고 이로 인해 맺게 되는 신뢰는 돈으로 살 수 없을 만큼 큰 것
이다. 누가 힘들어졌다고 하면 행여 전화라도 올까 걱정부터 하는 그대,
큰 피해 없이 무난한 인생을 살 수 있을지는 모르지만 막상 그대가 힘들
때 도와줄 친구 하나 남을지 심히 걱정되는 바이다.

나를 끌어줄 사람은 선배

자, 그대의 지인 리스트를 한번 쫙 훑어보시라. 남녀 성별 비율, 또 선후배 및 동료의 비율이 어떻게 되는지 찬찬히 따져보자. 성격에 따라 후배가 많은 사람, 또 유난히 선배들과 친한 사람, 아니면 동기 사랑이 지극한 사람 등등 인맥 구성 분포가 가지각색일 것이다. 다양한 연령층과 두루두루 친한 것은 좋지만 내가 사회에서 힘을 얻고 크는 데는 선배의 힘을 무시할 수 없다는 걸 아시는지.

❀ 따르는 후배는 많은데…

후배가 유난히 잘 따르는 Y팀장. 부하 직원을 친동생처럼 챙겨주고 거둬주니 그녀의 인기는 하늘을 찌른다. 하지만 그녀가 업무상 도움을 청하려고 할 때나 이직을 생각하게 되니 후배들은 그다지 큰 힘을 발휘하지 못한다는 걸 최근 느끼게 되었다. 그래서 가만히 자신의 인맥 분포를 그리다 보니 선배, 그것도 정말 친한 남자 선배는 겨우 한두 명이고, 여자 선배 몇 명에 대부분 친구나 후배들이란 것을 알게 되었다.

그녀가 의도적으로 선배들과의 관계를 피한 것은 아니었지만, 정작 자신을 이끌어주고 인생의 멘토(mentor) 역할을 해줄 만한 변변한 선배 한 명 없다는 데 적잖이 실망했다. 같이 놀 후배들, 내 도움을 필요로 하는 귀여운 동생들을 챙기는 것도 물론 중요하지만, 인생의 나침반 역할을 해줄 선배들과의 만남에 좀더 신경썼어야 했던 것이다.

⚜ 남자 선배도 챙길 것

여자들이 남자 선배와 친해지는 것은 매우 쉽지만, 그들과 오랫동안 관계를 유지하는 것은 생각보다 어려운 일이다. 자고로 청춘 남녀가 모이다 보면 아무래도 자꾸 불순한(?) 방향으로 흐르기 쉽기 때문이기도 하고, 대부분의 남자들이 결혼과 동시에 여자 후배들 챙기기를 등한시하기 때문이기도 하다.

하지만 관리만 잘하면 남자들이 가진 맨파워와 그들의 정보력을 얼마든지 그대의 것으로 챙길 수 있음을 기억하라. 여자(이성)에게 아무래도 관대한 성향이 있는 남자들은 후배의 웬만한 부탁이나 도움을 쉽게 거절하지 못하며, 그들이 조직의 윗선에 포진하게 될 때 결정적인 영향력을 행사할 수도 있다는 것을 명심할 것.

⚜ 여자 선배들의 장점

반면 여자 선배들은 쉽게 공감대가 형성되며, 또 같은 여자로서 사회에서 겪게 되는 문제점(육아, 출산, 성차별 등)에 대해 친언니처럼 조언을 해준다는 면에서 잘 사귀어 두면 유익하다. 그대가 4~5년 뒤에 걷게 될 길을 그녀들이 먼저 걷고 있다고 보면 거의 정확할 테니 최대한 그녀들에게 묻고, 배우며, 또한 따가운 충고를 받아들이도록.

요즘 일하는 여자들이 점점 많아지고, 사내에서 중요한 역할을 하는 리더 역할도 잘해내고 있는 편이다. '성공하는 여자들의 직장생활 노하우'를 빨리 캐치할수록 그대는 지름길로 더 편하고 빠르게 갈 수 있다.

시간 없단 소리는 치명타

늘 업무에 치여 허덕거리는 사람은 이제 더 이상 능력있다는 소리를 들을 수 없는 시대다. 바쁜 와중에도 운동에, 취미생활에 거기다 친구나 거래처관리는 물론 각종 모임에도 얼굴을 비추어야만 일도 잘하고 성격도 좋은 주목받는 사회인이 된다는 것이다. 이러기 위해서는 부지런하기도 해야겠지만 무엇보다 시간관리를 제대로 해야 한다. 특히 시간관리를 잘하는 사람만이 인맥관리를 잘할 수 있다는 것을 잊지 말자.

❀ 바쁜 척하지 말기

정말 일 잘하고 능력있는 사람은 절대 '바쁜 척' 하지 않는다. 정말 바쁘다 할지라도 거래처나 지인들에게 늘 여유 있게 대하는 센스가 있기 때문이다. 만나자는 전화에 딱 잘라 '나 바쁜데' 라고 말하는 것처럼 어리석은 행동도 없다. 바쁘다는 게 무슨 자랑도 아니고, 더욱이 상대방에게 이해해달라고 할 문제는 아니지 않은가.

얼마든지 부드럽게 거절하거나 약속을 미룰 수 있는 방법이 있다. '급한 일 빨리 처리해 두고 너부터 꼭 만날게' 라든가 '야 , 아무리 바빠도 너 만날 시간은 내야지. 다음다음 주 어때?' 라고 슬며시 약속 시간을 여유 있게 잡는 것도 현명한 처사. 상대방을 챙겨주는 듯한 인상도 주면서 내 시간도 벌 수 있어 일석이조다.

❧ 늘 가까이 있는 듯한

꼭 시간을 내서 만나야만 맛이 아니다. 바빠서 밥 한 번 같이 먹을 시간이 없을 때는 문자 메시지나 전화, 이메일을 적절히 이용해 '늘 곁에 있는 듯 가까운 느낌'을 주라. 꼭 한번 보긴 해야 하는데 자꾸 약속이 미뤄지는 사람이 있다면, 매일 굿모닝 안부 메일을 보낸다거나 야근하면서 짧은 이메일, 혹은 전화 한 통 걸어서 친한 척해보자. 이 늦은 시간에 아직도 회사에 남아 있다는 것을 간접적으로 알려줌으로써 그대가 바쁘고 시간이 없다는 게 변명이 아님을 슬쩍 암시해주는 것이다. '너무 만나고 싶지만 보다시피 이렇게 일이 많아서…'라고 말로 변명하듯 하는 것보다 훨씬 설득력 있지 않은가?

❧ 틈새 시간을 활용하자

일부러 시간을 내서 부담스럽게 만나는 것보다 짬짬이 틈틈이 만나는 미팅도 얼마든지 가능하다. 별로 할말도 없으면서 커피 한 잔 시켜 놓고 한두 시간씩 수다 떨지 말고 30~40분씩 잘라서 여러 팀을 만나는 것이다. 외근 미팅을 잡을 때 한번에 몰아서 그 지역 거래처 사람들을 주르르 보고 오는 것인데, 설령 꼭 만날 일이 없더라도 '오늘 그 근처에 나가는데 잠깐 얼굴이라도 보자'면서 안부 전화를 넣으면 틈새 시간을 활용해 인맥관리를 할 수 있다.

또 좀더 친한 친구들과는 아침 출근길에 커피전문점에서 모닝 미팅을 하는 것도 신선하고 재미있다.

항상 바쁘고 정신없이 사는 사람에겐 점점 전화조차 하는 게 부담스러워진다. 주변 사람들에게 '바쁘겠지', '주말인데 약속 있겠지', '아마 시간 없을 거야' 라는 인식이 한 번 박히면, 그대는 점점 외톨이가 될 수밖에 없다. 관리는커녕 있는 사람도 다 멀어지게 생겼다.

인간관계에는 돈이 든다

사소한 데 맘 상하는 게 인간관계 아니던가. 생각 없이 내뱉은 말 한마디, 무심코 지나친 애인의 생일, 그리고 꿔가서 갚지 않은 돈 같은 것 말이다. 금액이 크기라도 하면 당당하게 말이라도 하겠지만 삼사만 원 정도 되는 돈 가지고 말하자니 그렇고, 안하자니 약이 오른다. 사람을 볼 때 '돈 관계'가 어떤지부터 살펴보라는 말, 가족끼리도 돈은 함부로 꿔주는 게 아니라는 어른들 말씀, 하나 틀린 게 없다니까.

❖ 그렇게 안 봤는데

돈 관계는 깔끔하면 깔끔할수록 손해볼 게 없다. 100원 하나라도 내 돈이 아니면 돌려주는 게 원칙. 친구면 몰라도 사회에서 알게 된 인연이라면 속속들이 그 사람의 세밀한 성격을 알 수가 없다. 그대가 아무렇지도 않게 넘어가는 일들이 상대에겐 상처요, 못마땅한 태도일 수 있다는 소리다. 꾸고 안 갚는 경우는 두말할 것도 없고, 만날 얻어만 먹는 사람 혹은 반대로 늘 자기가 계산을 안 하면 자존심 상해하는 사람도 마찬가지다.

내 것 네 것 칼같이 나누는 것도 정이 가는 성격은 아니지만, 돈 관계가 투명하지 못한 사람은 제아무리 인간적인 매력을 고루 갖춘 완벽한 사람이라 할지라도 뒷소리 듣기에 딱 좋다. '사람 그렇게 안 봤는데…' 라는 말 들으면, 그 관계는 이미 끊어진 거나 마찬가지다.

❧ 쓸 땐 확실하게

인간관계를 원만하게 유지하는 데는 솔직히 돈이 좀 든다. 하지만 심어야 거두는 법이고, 풀어야 돌아오는 것 아니겠는가. 친한 척 다하고 가깝게 지내자면서 정작 중요한 대소사에는 늘 빠지는 그대, 평소 짠순이 소리를 좀 듣는 편이라도 쓸 땐 확실하게 쓰는 지혜를 갖도록. 간혹 돈 내는 자리에서는 늘 딴청을 피우는 여자들이 있는데, 그런 몰상식한 태도는 사람이 떨어져 나가게 하는 지름길이다.

특히 장례식 같은 데는 열일 제쳐 두고 가는 게 신상에 이롭다. 또한 결혼식, 아기 돌 혹은 승진이나 기념식같이 축하해야 할 자리에도 꼬박꼬박 참여하도록 하자. 이런 데 한두 번 빠지다 보면 이미지를 회복하기가 정말 힘들어진다. 그 어떤 이유도 상대방에겐 모두 구차스러운 변명으로밖에 안 들린다.

❧ 이왕이면 더 쓰는 마음

너무 나서서 혼자 계산 다하고 돈을 이용해 사람 마음을 사려는 것도 문제겠지만, 이왕이면 '내가 먼저 더 베푼다'는 마음을 먹고 있으면 인간관계에서 돈 때문에 욕 먹는 일은 없을 것이다. 가장 손해보는 스타일은 쓰기는 엄청 쓰는데 티도 안나고 늘 인색한 느낌을 주는 경우다.

사무실 동료에게 커피 한잔 뽑아주는 일, 특별한 날도 아니지만 우울한 선배에게 꽃 한 다발 건네주는 센스, 거래처 김 대리 승진한 날 축하 카드 한 장 보내는 마음 등 마음만 먹으면 적은 돈으로도 얼마든지 생색을 내고 관계를 부드럽게 만들 수 있을 것이다.

돈 몇 푼 아끼려다 사람 잃고 후회하는 바보는 되지 말자. 그보다는 돈을 잘 이용해서 사람의 마음을 움직일 수 있는 지혜를 간구하라.

다시는 안 볼 거야?

절대로, 다시는, 죽어도… 이런 극단적인 표현을 자주 하면 소신 있고 줏대 있는 사람으로 보일 것이란 착각은 벗어던지라. 인간관계에서 이런 말들은 안하느니만 못할뿐더러 스스로 주변에 벽을 쌓는 행동일 뿐이다. 정 못 참겠으면 속으로 되새기거나 다짐할지언정 입 밖으로 뱉지 말지니, 한 치 앞 사람일 아무도 모르기 때문이다.

❖ 평생 안 볼 사람처럼

'이 회사에서 나가면 그만'이라는 생각을 혹시 하시는지. 상사에게 깨지고 거래처와 틀어지고 동료와의 관계가 불편하다고 해서 있는 성질 없는 성질 다 부리고 갑자기 회사를 그만둔다거나, 쥐도 새도 모르게 회사를 옮기는 행위는 사회생활에서 거의 자폭 수준이다.

다시는 안 볼 사람처럼 뒷마무리를 엉망진창으로 하는 사람들은 주의하라. 소문은 날개를 달고 퍼지게 되고, 현재의 내 동료와 상사를 언제 어디서 어떻게 만날지 모르는 일이니까. 심지어 애인과 헤어질 때도 마지막 모습은 우아하게 남기는 법이다. 기껏 쌓아온 자신의 이미지와 소중한 인연들을 헌신짝처럼 쉽게 내치지 말자.

❧ 한번 틀어지면 끝?

모든 인간관계를 무 자르듯 무섭게 관리하는 사람들이 있다. '내 눈에 한번 잘못 보이면 끝이야', '난 싫은 사람은 다시는 안 봐', '내가 뭐가 아쉬워서 그 사람을 찾아?' 등등의 호언장담을 무슨 자랑처럼 떠벌리지 말라. 외딴 섬에서 나 홀로 궁전에 살 생각이 아니라면 인간은 누구나 싫어도 부딪쳐야 하는 경우가 있고, 힘들어도 웃어야 할 때가 있는 법이다.

모든 사람들이 내 비위를 맞춰주길 바라고, 그런 사람들하고만 관계하겠다는 야무진 생각일랑 일찌감치 버리라. 한번 틀어져도 다시 수습하려 애쓰고, 한번 잘못 봐도 두세 번 너그럽게 다시 받아주는 아량, 엉킨 실타래를 어떻게든 풀어보려고 노력하는 열린 마음으로 인맥을 유지해야 한다. 그대만 잘나고 '한성격' 하는 게 아니라 이거다.

❧ 속단하지 말지어다

사람 만나다 보면 한두 번 실망할 수도 있고, 사람 잘못 봤다 생각할 수도 있지만, 긴긴 인생을 두고 볼 때 좀더 여유 있는 관계를 갖는 게 현명하다. 조금 잘해주면 죽고 못사는 친구가 되었다가 사소한 일 몇 가지로 그 사람 전체를 판단하는 성급함을 버리라는 말이다. 누구에게나 장점과 단점이 있고, 때론 실수도 하며 실망스러운 모습을 보일 수도 있다. 그때마다 인맥을 정리하고 입장을 뒤집는다면 그대 곁에 붙어날 사람이 누구겠는가.

내가 쉽게 판단하면 남들도 나를 가볍게 판단하는 법이다. 좀더 넉넉한 마음으로 기다려주고 따뜻한 시선으로 바라볼 것.

인맥관리를 너무 빡빡하게 하다 보면 나만 피곤해진다. 절대 다시는 안 보고 싶은 사람을 다독거려 내 편으로 만들고 관계를 부드럽게 하는 힘, 우리에겐 이런 게 필요하다.

속보이는 행동은 오래 못 간다

나름대로 열심히 잔머리 굴려가며 인맥관리는 자신 있다고 자부하는 사람들은 제발 정신차리자. 그렇게 속보이는 행동을 하다가는 본전도 못 건지는 수가 있다. 아무리 뛰어난 전략과 전술을 늘어놓아도 사람과의 관계에서 '진실된 마음' 보다 앞서는 것은 없다. 정말 사람이 필요하다면 사람과의 관계를 소중하게 여기는 마음을 먼저 갖자.

❧ 메뚜기 인생

평소 전화 한 통 없던 사람이 어느 날 갑자기 친한 척하며 다가오는 데는 다 그만한 이유가 있다. 뭐 부탁할 일이 있다거나 잘보일 일이 있기 때문. 문제는 급하고 아쉬운 일이 해결되고 나면 또 언제 그랬느냐는 듯 무심한 태도로 돌변한다는 것이다.

이런 사람들은 저 필요할 때만 원하는 대상을 찾아 이리저리 옮겨다니며 인맥을 맺는 '메뚜기 유형'. 당연히 오래오래 관계를 맺는 사람도 없고, 인맥 네트워크 자체가 있을 수 없다. 그저 입만 살아서 그때그때 위기만 모면하고 보는 식. 아마 얼마 가지 않아 이런 사람의 전화번호만 떠도 다들 수신 거부를 누를 날이 올지도 모른다. 사람들에게 반가운 존재가 되진 못할망정 피하고 싶은 사람은 되지 말자.

❀ 티 나게 줄서기

모든 조직에는 하나의 흐름이 있기 마련이다. 처세에 밝은 사람들은 이 흐름을 간파해 이른바 '줄'이라는 것을 잘 선다. 사내 어떤 곳으로 파워가 실리는지, 어떤 사람과 관계를 맺으면 그 힘을 좀 빌릴 수 있을지 등등 말이다. 처세를 잘하고 민감하게 반응하는 게 꼭 나쁘다고는 할 수 없지만 속이 훤히 보일 정도로 얄팍한 행동을 일삼는 것은 옳지 못하다.

소신도 없이 이랬다저랬다 의견을 바꾼다거나, 잘보이려고 마음에도 없는 아부와 달콤한 말로 입에 발린 소리를 하는 것, 상사가 있을 때만 야근하고 혼자 일 다하는 척하기, 이 사람 저 사람 필요에 따라 가려 사귀기 등등 누가 봐도 얄미운 행동은 티가 나는 법이다. 줄은 잘 섰을지 몰라도 아무도 불러주지 않을 수도 있다는 말이다.

❀ 골고루 돌보라

공부 잘하고 예쁜 애들하고만 친구하려는 사람들, 학창 시절 이런 사람들 꼭 있었다. 괜히 그들과 어울리면 자신도 업그레이드된다고 착각하는 것. 아무리 뛰어난 사람도 항상 승승장구하며 꽃밭만 걷는 것 아니고, 쥐구멍에도 햇볕 들 날 있는 거 아니겠는가. 사람 팔자 모르는 것. 평소에 골고루 잘해줘야지 누가 좀 떴다고 촐랑대고 착 달라붙는다거나 반대로 사업 실패, 빚더미에 별볼일 없어졌다고 나 몰라라 하는 행동처럼 어리석은 것도 없다.

일할 때도 그렇지만, 특히 사람을 만날 때는 일희일비(一喜一悲)하지 않도록 조심하자. 인맥관리의 고수들은 오히려 사람이 어려울 때 더 잘 해주고 신경을 써준다. 이럴 때 베풀면 고마움은 배가 되고 훗날 꼭 보답받을 날이 온다는 걸 잘 알기 때문이다. 실직한 사람에게 일자리 정보를 알려준다거나 사람 소개해주기, 가끔 불러내 밥 사주기, 예전과 다름없이 전화나 메일로 안부 전하기 등등 상대방의 형편과 처지에 관계없이 일관된 모습을 보여주자.

친하지 않아도 자르지 말라

'연락할 정도는 아니고…', '나랑 친하지도 않은데 뭘', '그냥 얼굴만 아는 정도라서…' 혹시 인간관계를 무 자르듯 획을 그어가며 관리하진 않는가? 나와 가까운 사람만 내 인맥이라고 착각하고 있는 것은 아닌지 점검해보란 소리다. 물론 부피만 크다고 영양가가 있는 것은 아니지만 열매(핵심 인맥)를 잘 키워가면서도 줄기나 가지(2차 인맥) 등도 가끔은 돌봐줄 필요가 있다. 너무 잘 알고 친한 사람보다 그냥 얼굴만 아는 사람이 도움을 줄 때도 가끔 있기 때문이다.

🌸 너무 깔끔 떨지 말라

　나와 코드가 맞는 사람만, 유익하다고 판단되는 사람만 관리하는 얄팍한 인맥관리에서 벗어나야 한다. 나에게 결정적인 영향력을 끼치는 핵심 인맥도 중요하지만, 그냥 알고 지내는 2차 인맥도 아주 배제해서는 안된다. 함부로 전화번호를 지운다거나 명함을 버리는 행동은 경솔하다. 일단 내가 소개받은 사람이나 한 다리 거쳐서 알게 된 사람이라 할지라도 쉽게 관계를 끊지는 말라는 거다.

　우선 지금 당장이라도 나를 만나줄 메인 리스트를 작성해보고, 2차로 내가 연락하면 그래도 반갑게 챙겨주고 도움을 줄 만한 사람들의 이름을 적어보라. 마지막으로 그리 친하진 않지만 그래도 이름만 대면 금세

나를 알아볼 사람들이 있는데, 이 사람들까지를 인맥의 범주에 넣어야
한다.

❖ 관계를 넓혀가라

만날 친한 사람들하고만 교제하고 긴밀한 관계를 유지하다 보면 더
이상 인맥의 발전이 없다. 또 너무 가까운 사람들은 서로 비슷한 정보를
공유하고 있거나 새로운 자극이 될 수 없다는 한계가 있다. 따라서 어느
정도 메인 인맥이 정착되어 든든히 내 허리를 받쳐주고 있다면 서서히
관계를 넓히자. 2차 인맥들에게 접근하는 것이다.

뜬금없이 전화하거나 갑자기 친한 척하면 놀랄 수도 있겠지만 한번
물꼬를 트면 가까워지는 것은 시간문제. 일대일로 만나기보다는 모임을
통하거나, 아니면 그 사람을 더 잘 아는 사람과 함께 묶어서 만나는 게
안전하다. 어색함도 줄일 수 있고 둘이 덜렁 만나는 것보다 더 결속력이
있기 때문.

❖ 잘 몰라서 도움이 되기도

아이러니하게도 나를 너무 잘 아는 사람은 의외로 별로 도움이 안되
기도 한다. 이런저런 이유를 대가며 '안되는 경우'부터 생각하기 때문
이다. '아, 그 친구? 좋긴 한데 너무 성격이 급하지', '나랑은 친한데 다
른 사람들과는 잘 어울릴지 모르겠네', '일은 잘하는데, 글쎄…', '너무
잘 아니까 소개하기가 좀 그래…' 등등.

쉬운 예로 이성을 소개할 때도 가까운 사람은 선뜻 소개하지 않게 되
는 것과 비슷한 맥락이다. 오히려 나를 대충 아는 사람이 직장도 소개해
주고 남자친구도 소개해주는 경우가 종종 있다. 보이는 이미지가 전부
라고 생각하기 때문에 나에 대해 관대해질 수 있는 것. 그러니 한번 스
친 인연도 무시하지 말지어다. 자르는 것은 언제든 할 수 있지만 만남은
그리 쉬운 게 아니니까.

자기관리가 인맥관리의 시작

자기관리 하나 제대로 못하는 사람치고 다른 사람 관리 잘하는 사람 드물다. 반대로 말하면 자기관리를 잘하는 이들에겐 사람들이 알아서 꼬인다는 거다. 거듭 강조하지만 사람을 쫓아다니는 인맥관리에는 한계가 있는 법이고 오래 유지할 수도 없다. 자기관리야말로 인맥관리의 시작과 끝이라고 할 수 있다.

⚜ 세상 돌아가는 걸 민감하게

만날 드라마에, 연예계 뒷담화로 시간 보내다가는 아까운 청춘 그야말로 쏜살같이 지나가고 만다. 여자들의 취약점, 바로 시사 문제에 둔감하고 현실 감각이 떨어지는 경향이 있다는 점이다. 본인이 스스로 공부하기 뭣하면 이 방면에 정통한 선배나 친구라도 가까이하라. 은근슬쩍 요즘 화두나 사회적 이슈에 대해 물어서 세상이 대략 어떻게 돌아가는지 정도는 파악하고 살란 말이다.

시사 공부는 입사할 때만 반짝하는 게 아니다. 도통 대화가 안 통하는 사람에게 인맥이 다 무슨 소용인가 말이다. 아직 덜 가까운 사람을 대할 때 모르는 주제가 나온다면 센스 있게 다른 화제로 전환시키거나 대충 알아듣는 척 분위기를 맞추도록. 생뚱맞게 '그게 뭔 소리래요?' 하지 말라는 거다.

❧ 부러움을 사게

질투와 시샘을 불러일으킬 만큼 너무 완벽한 모습만 보이는 것도 권장하고 싶지는 않지만, 적어도 어느 부분에서는 주변의 부러움을 살 필요가 있다. 건강미 넘치는 외모, 늘 당당하고 활기찬 모습, 능통한 외국어 실력, 세련된 패션 감각, 재치있는 말솜씨 등 그 어떤 것이라도 좋다. 한두 가지 남들보다 더 나은 점이 있어야 주변 사람들이 그대를 가까이하게 되는 것이다.

이 모든 게 철저한 자기관리에서 비롯된다는 사실을 기억하라. 타고난 재능? 주어진 환경과 배경? 모르는 소리. 실력 있는 재주꾼들은 다 뒤에 숨어서 남몰래 노력한다는 걸 명심하라. 주변의 부러움을 사는 사람은 절대 외롭지 않다.

❧ 약한 모습 금지!

좀 이야기가 통한다 싶은 상대만 만나면 신세 한탄부터 늘어놓는 사람들은 조심하라. 그대가 제아무리 빼어난 매력 덩어리 그 자체라 할지라도 주변에 사람이 배겨날 수가 없을 테니 말이다. 걸핏하면 힘들다고 징징, 죽을 것 같다고 엄살, 거기에 세상 살맛 없다고 한숨을 쉬어대지 말지어다. 자기관리에는 스스로의 '감정관리'도 포함된다. 쉽게 욱하는

성격, 잘 삐치고 꽁하거나 속내를 너무 드러내는 것은 현명한 처사가
아니다.

허벅지를 꼬집는 심정으로 포커페이스를 유지하라. 가식을 떨란 소리
가 아니라 주변 사람들을 심적으로 불편하게 하지 말란 거다. 늘 여유
있는(적어도 그렇게 보이도록) 마음가짐으로 편안한 모습을 보여줘야 상
대방도 의지하는 마음으로 쉽게 다가온다.

질투는 인맥의 적

흔히 여자들만 질투의 화신인 듯 몰아세우지만, 정말 더 지독한 질투쟁이들은 바로 남자다. 겉으로 표현을 안하고(자존심 때문에) 웃고 있어서 그렇지 속으론 더 열불내고 있을지도 모른다. 문제는 감정을 잘 드러내지 않는 남자들과 달리 여자들은 사소한 감정도 크게 부풀려 떠들고 다닌다는 데 있다. 인맥을 어지럽히고 망치는 지름길, 바로 질투심을 조절 못하는 데 있다는 걸 안다면 오늘부터 표정관리에 들어갈지어다.

❧ 사사로운 감정은 절제하라

인맥관리라는 말을 잘못 이해하면 '나와 코드가 맞는 사람들과 친하게 지내기' 정도로 과소평가할 수 있다. 실제로 여자들은 인맥관리를 이런 식으로 하는 것이 어느 정도 사실이다. 나와 친하면 편의를 봐주고, 정보도 퍼주고, 모임에도 끼어주는 식 말이다. 아니다. 인맥관리는 친형제자매처럼 마냥 가까운 동지들을 많이 늘려가라는 의미가 아니다. 그러므로 나와 성향이 맞지 않는 사람도 이해하고 그들을 관리할 필요가 있다는 걸 명심하기 바란다.

사람을 있는 그대로 인정하기 위해서는 나의 사사로운 감정을 절제할 필요가 있는데, 특히 질투심을 잘 조절하자. 괜히 나보다 잘난 사람(특

히 여자)에게 경쟁심을 느껴 이유 없이 삐죽거린다거나, 흠을 못 잡아
안달이 난 듯 보이는 것은 절대 금물. 아무리 빙빙 돌려 우회적으로 말
해도 사람들은 다 눈치챈다. 그대가 괜히 부러워서 샘내고 있다는 것을.

✤ 화끈하게 씹어라! 단, 속으로…

감정을 조절해도 잘 안되는 게 인간이기도 하다. 그러니 힘들게 성인
군자가 되려고 노력하며 머리 아파하지 말고 질투심은 정말 허물없는
친구나 가족 등과 풀어 버리도록. 이때는 체면이고 뭐고 솔직 리얼하게
다 털어놓고 속시원하게 수다를 떠는 게 중요하다. 그 순간만큼은 감정
을 속이지 말란 뜻이다.

단, 솟아오르는 감정의 원인이 무엇인지 정확히 분석하여 감정이 꼬
인 원인을 근본적으로 이해하고 해결하길 바란다. 두고두고 봐야 할 사
람인데 볼 때마다 감정이 뒤틀려서야 되겠는가. 싫은 사람 안 보면 그만
이라 생각지 말고(그런 식으로 하다간 세상에 만날 사람 몇 안된다) 그대
의 한계를 디디고 일어서는 지혜를 발휘하도록.

✤ 내 사람으로 만들면 된다

질투 나는 사람이 있다면 그 사람과 더 가까워지는 것도 방법이다. 미
워하지 말고 아예 더 친한 사이가 되어 버리는 것. 질투가 난다는 것은
내가 간절히 원하지만 내게 없고 그 사람에게는 있을 때 생기는 감정이
다. 아예 롤(role) 모델로 정해 놓고 가까이 두면서 배울 점은 배우고, 닮

고 싶은 부분은 닮아가는 것도 좋다. 어떤 면에서는 그대의 인생에 좋은
자극이 될 수도 있으니 무조건 밀어내지 말고 긍정적으로 받아들이자.
특히 여자들은 이 질투심 조절을 잘못해서 괜한 오해와 구설수에 휩싸
이는 경우가 많다.

진짜 프로는 티를 내지 않는 법. 솔직함을 가장해 자신의 감정을 적나
라하게 드러내는 것만큼 우매한 짓도 없다.

후배를 잘 키우라

직장 생활 1~2년차쯤 되면 슬슬 한두 명씩 후배가 생긴다. 지금껏 마냥 선배들과 상사의 귀여움을 독차지해온 터에 그들의 출현이 반갑지만은 않겠지만, 똘똘한 후배 잘 만 키우면 업무적으로 또 사회생활하는 데도 많은 득이 된다는 걸 명심하자. 어떻게 하면 존경받고 인기 많은 선배가 될 수 있을까. 후배 관리에는 특별한 노하우가 필요하다.

❖ 동생 대하듯 하지 말라

그대가 후배를 친동생 대하듯 편하게 대하다 보면 그들도 역시 그대를 친언니처럼 아무렇지 않게 대할 수 있다는 것을 잊지 말라. 친근하게 대하되, 어떠한 선을 긋고 선배로서의 ‘위엄’을 스스로 느끼게 해야 한다는 거다. 물론 험악한 표정과 무서운 말로 호통을 친다고 해도 ‘실력 없는 선배’는 카리스마를 보여줄 수가 없다. 후배가 도저히 넘볼 수 없는 비장의 히든카드를 항시 쥐고 있어야 한다는 뜻이다.

예를 들어 후배가 업무상 쩔쩔맬 때 착한 선배가 되기 위해 수시로 도와주지 말 것. 적당한 시점에 적당한 수준에서 ‘손을 좀 봐주는’ 정도로 해야 후배 길들이기가 쉬워진다. 만만하게 ‘선배=봉’이라는 인식을 심어줘서는 절대 안된다.

❧ 후배의 인맥도 무시 말라

어린 사람에게도 배울 점이 있듯이 그네들의 인맥도 무시하면 큰코 다친다. 젊은 친구들은 그대보다 정보에 더 민감하고, 자신이 모르는 새로운 분야, 새로운 사람들과 만나는 데 더 오픈되어 있기 때문에 매우 트렌디하고, 그래서 발빠른 소식통 역할을 해줄 것이다. 후배의 소개로 직장을 옮기거나 업무상으로 도움을 받는 경우도 빈번하며, 특히 사내 인기도를 결정하는 데도 후배들의 역할이 크다고 할 수 있다. 상사들이 인정하는 사람이 되는 것도 중요하지만, 후배들이 얼마나 잘 따르고 존경하는 사람인가에 따라 그대의 리더십 정도나 평소의 이미지가 결정되기 때문이다.

또한 후배의 인맥은 그리 어렵지 않게 내 인맥으로 확장될 수가 있다. 사람들은 보통 자신보다 경험과 연륜이 많은 선배들과 사귀기를 좋아하기 때문이다. 알아 둬서 손해는 아닐 테니까 말이다.

❧ 내 일 도와주는 건 바로 후배

선배들은 본능적으로 잘나가는 후배 사원들을 경계하고(치고 올라올까 두려워서) 아무래도 정보를 오픈하는 데 인색할 수 있지만, 맘 맞는 후배 몇 명만 있으면 오히려 선배나 동료보다 더 훌륭한 업무상 파트너 요 조력자가 될 수 있다. 후배들은 일단 '내 사수가 떠야 나도 뜬다'는 생각을 갖고 있기 때문에 선배의 출세와 성공을 자기 일처럼 사심없이 기뻐할 수 있다는 거다. 힘들 때 선배들은 '힘내라', '모르는 거 있음 언제든 물어봐' 라고 말만 번지르르하게 하는 경우가 많지만, 후배들은 '제가 도와드릴게요', '같이 야근해요', '한번 알아봐드릴게요' 등등 실질적인 도움을 주게 된다는 것. 물론 그들의 속마음이 진심인지는 알 수 없지만, 선배가 애쓰는데 아무렇지도 않게 퇴근할 간 큰 후배는 드물다는 것만은 확실하다.

기회가 오면 잽싸게

솔직히 말해 우리는 좋은 기회를 놓치고 살 때가 많다. 난 왜 이리도 운이 없을까, 내 주변엔 왜 잘나가는 사람 하나 없을까 불평하기도 하지만, 막상 기회가 오고 내 앞에 행운이 던져져도 게을러서 혹은 잘 깨닫지 못해 아깝게 흘려보내는 경우가 더 많다. 인맥을 트고 다지고 관리하는 것도 마찬가지. 날이면 날마다 오는 기회가 아니건만 어영부영 좋은 사람들 다 놓치고 있지는 않은지 점검해보자.

❖ 차일피일 미루다가

사회생활을 하면서 '언제 한번 봐요' 라는 말을 얼마나 많이 하고 사는지. 특별히 바쁘지도 않으면서 오로지 그대의 게으름 탓에 차일피일 미루다 괜한 소리만 하게 된 경우가 적잖을 것이다. 인맥을 중시하고 사람과의 약속을 철저하게 생각하는 사람이라면 한번 뱉은 말은 일주일이 지나가기 전에 행동으로 옮긴다. 그후로 넘어가 버리면 전화해서 약속 잡기도 민망해지기 때문.

평소 사람 좋기로 소문난 사람들, 인맥관리의 귀재로 불리는 사람들은 상대방이 예상치 못할 만큼 빠르게 그리고 적극적으로 접근한다는 것을 명심하라. 그들은 보기로 했으면 반드시 보고, 밥 한번 먹자고 했으면 정말 전화한다. 실천으로 옮기느냐 안 옮기느냐에 따라 어쩌면 보이지 않는 수많은 기회들이 사라질지도 모르는 일이다.

❧ 새로운 만남을 두려워 말라

말로는 친하게 지내자는 둥, 언제 만나 이야기 좀 하자는 둥 호들갑을 떨지만 사람들에게는 새로운 환경을 두려워하는 심리가 있다. 새로움과 변화, 모험을 부르짖지만 내심으로는 그저 익숙한 사람들을 만나는 게 편하고, 나가던 모임에 나가는 게 더 실속 있다고 생각한다. 인맥의 폭을 넓히기 위해서는 새로운 사람을 두려워해서는 안된다. 물론 정신적·육체적으로 피곤하고 많은 투자를 해야 하는 일이지만, 내 지경을 넓히기 위해서 꼭 필요한 절차라는 것을 잊지 말라. 나와 친한 측근들하고만 지내면 비슷한 정보와 경험밖에 공유할 수 없지만, 조금씩 새롭게 인맥의 반경을 넓히다 보면 예상외의 지원군을 만나 신선한 에너지를 얻을 수도 있기 때문이다.

❧ 하고 안하고의 차이

사소하지만 문자 메시지 한 개, 메일 한 통, 전화 한 통 하고 안하고는 하늘과 땅 차이이다. 특히 새롭게 알게 된 인연이라면 좀더 공격적으로 대시할 필요가 있다. 지금 당장 내게 도움이 되고 안되고를 떠나서 '만남'은 그 자체가 소중하고 의미 있는 일. 정말 다시는 보고 싶지 않은 사람일 경우만 제외하고, 웬만하면 미팅 후 간단한 메시지 하나 보내보라.

알고 보면 우리 대부분은 작은 것에 감동하고 고마워하는 법이다. '오늘 만나서 정말 반가웠다', '알게 된 지 얼마 안되었지만 참 좋은 분인 거 같다', '저녁식사나 한번 같이하고 싶다' 등 구체적인 느낌을 전하도록. 뻔하고 흔한 말 말고 진심을 담은 말 한마디의 힘이 실로 위대하다는 걸 알게 될 것이다. 기회가 오면 잽싸게 낚아채는 게 임자. 인간관계는 더 그렇다.

정보통을 가까이하라

폭넓은 인간관계를 능수능란하게 조절하는 마당발이 될 수 없다면 정보통 친구라도 알고 지내는 게 21세기 성공 전략 가운데 하나라고 할 수 있다. 이런저런 많은 사람들과 유대 관계를 맺고 유지하는 것이 힘들고 솔직히 좀 부담된다면, 제대로 된 소식통, 정보통 몇 명만 지인으로 두어도 사는 데 크게 지장 없다 이 말씀. 최선이 안되면 차선책이라도 간구하란 말이다.

❧ 친해지고 싶다고 말하라

타고나기를 사람 만나기 좋아하고 또 누구든 금세 친해지는 사람들이 따로 있다. 그들의 친화력은 노력한다고 해서 따라잡을 수 있을 것 같지는 않다. 하지만 내가 인맥의 중심에 설 수 없다면 적어도 그 핵심 인물을 내 사람으로 만들어야 한다. 사람들과 만나길 좋아하는 그들과 인연을 맺기는 그리 어렵지 않다. 괜한 자존심 세워가며 뻣뻣하게만 굴지 않는다면 얼마든지 기회는 있다. 진심으로 친하고 싶다고 솔직히 표현하라.

❧ 그를 인정하라

인맥관리를 잘하는 사람들을 가까이에 두고 싶다면 무엇보다 인간적인 친밀감을 쌓으라. 주거니받거니, 기브 앤 테이크 정신도 물론 중요하지만 손익을 떠나 기꺼이 도와주고 챙겨주고 싶은 마음이 들게 사적인 유대 관계를 돈독히 하는 게 중요하다. 어떻게? 우선 그들의 능력을 인정하고 격려할 것. 그들만이 가진 장점과 특히 인간관리에서 보여주는 탁월한 능력을 존중해준다면 쉽게 다가갈 수 있을 것이다. 하지만 그저 앉아서 단물만 쏙 빼먹으려는 얄미운 태도를 보인다면 아무런 수확도 얻을 수 없을 테니 명심하라.

❧ 세상과 통하는 열쇠

정보통, 마당발들은 그대를 세상과 연결해주는 일종의 열쇠로 보면 된다. 새로운 세계에 들어가기 위해서는 그때그때 적당한 열쇠(key)가 필요한데, 이들이 그런 중간자 역할을 해준다는 뜻. 그러므로 원활한 사회생활을 위해서는 이런 핵심 연결의 고리 역할을 하는 사람과 어떻게든 닿게 애쓰면서 끊임없이 그들에게 나의 존재를 알리는 게 현명하다.

마당발을 그저 알고만 지내는 것은 아무런 의미도 없다. 그들이 내게 어떤 도움을 줄 수 있는지, 나는 그들에게 어떤 유익함을 줄 수 있는지 항상 관심을 갖자. 어디든 열 수 있는 만능키도 꽂아야 열리는 거니까.

나의 매력을 보여주라

인맥에 웬 매력 타령인가 하겠지만, 사람을 끄는 힘은 결국 매력이 있느냐 없느냐에 달려 있다고 해도 과언이 아니다. 제아무리 뛰어난 전략과 노하우가 있다 해도 본인 스스로 자기관리를 허술하게 하고 인간적인 매력이 없다면 사람이 꼬이는 것도 잠깐, 탄탄한 인맥을 만들기는 힘들다. 내 매력이 무엇인지 객관적으로 평가해보고 과연 나는 사람들을 피곤하게 하는 스타일인지, 아니면 함께 있으면 정말 유쾌해지는 사람인지 점검해볼 필요가 있다.

❧ 남들이 나를 뭐라 하는지

내가 남들의 눈에 어떻게 비치는지 한번 냉정하게 생각해본 적 있는지. 나의 자화상과 타인이 그리는 것과는 분명 차이가 있을 것이다. 가까운 사람들에게 허심탄회하게 한번 물어보라. 나의 장점과 단점에 대한 이야기를 듣다 보면 사람을 대할 때 어떤 점을 주의해야 하는지 대충 감이 잡힐 것이다.

본인은 모르지만 말로 주변 사람들에게 상처를 주는 경우도 있고, 딴에는 친한 척한다고 한 것인데 무례하고 부담을 주는 행동들이었거나, 꽤나 베푸는 편이라고 생각했는데 정반대로 이기적이고 약삭빠르다는 인상을 주었을 수도 있다. 결국 자신의 이미지는 남들에 의해 결정되는 것. 듣기 싫어도 냉정하게 인정하고 받아들이면 훗날 분명히 좋은 약이 될것이다.

⚜ 스스로를 귀하게

저만 잘났다고 방방 뛰는 것도 꼴불견이지만, 늘 패배 의식에 젖어 있거나 일그러진 자화상을 갖고 있는 사람도 주변 사람을 고달프게 하는건 마찬가지다. 만날 신세 타령에 자신감 없는 모습을 보여준다면 누가 그대에게 일을 맡기고 주변에 소개를 하며 모임에 초대하고 싶겠는가.

가식과 허세를 부리라는 게 아니라 원활한 인간관계를 위해 스스로를 '적당히 포장하는 기술' 은 사람을 대하는 귀여운 매너다. 적나라하게 다 보여주고, 기분대로 지껄이고, 감정 조절도 못해서 이리저리 흔들리는 모습이 타인에게 '프로페셔널' 하게 보일 리 없지 않은가.

스스로를 아끼고 존귀하게 여기는 마음을 가지고 있어야만 남들도 그대를 대접해준다는 것을 반드시 기억하라. 자기를 포기한 사람에게 손 내밀 사람은 많지 않다.

⚜ 노력해서 만들라

타고난 기본 성향을 근본적으로 바꾸는 것은 어렵겠지만, 인맥관리를 위해 말과 행동을 컨트롤하는 것은 얼마든지 본인의 노력으로 가능하다. '내 모습 그대로 다가갈 테니 너희들이 알아서 이해하고 받아들여라' 하는 식은 일종의 폭력이나 다름없다. 같이 사는 사회, 게다가 상호 협조가 생명인 인맥관리에서 이런 일방적인 사고방식을 가지고 있다가 는 '왕따' 당하기 십상이다.

문제점을 스스로 알고 있다면 빨리 고치고, 장점은 살려 자신만의 매 력으로 확실하게 만들어 둘 필요가 있다. 뻔한 말 같지만 노력해서 안되 는 일은 거의 없다. 노력을 안하고 거저 먹으려니까 문제가 되는 거지.

다 아랫사람 하기 나름

예쁨을 받는 것도 다 자기 하기 나름이라고들 하는데, 정말 명언 중의 명언이 아닐 수 없다. 인맥을 이야기할 때 꼭 필요한 말이기도 하다. 특히 사회 초년생들에게 업무는 둘째치고 윗사람 대하기만큼 신경쓰이는 일도 없을 터, 몇 가지 기본 센스만 익혀도 '일 잘하고 싹싹하고 정말 괜찮은 사원' 이란 소릴 듣게 될 것이다. 승진은 능력순? 아니다. 요즘은 인간관계순이다.

❧ 선배를 띄우는 후배

윗사람들과 좋은 관계를 맺어 두면 이로운 점이 한두 가지가 아니다. 무엇보다 정보에 빠르고, 축적된 노하우를 어렵지 않게 전수받을 수 있으며, 그들이 닦아 놓은 인맥도 내 인맥으로 확장시킬 수 있다. 무엇보다 회사 안에서 일하기가 한결 수월해지며 승진을 하거나, 심지어 더 좋은 곳을 소개받아 회사를 옮길 수도 있다.

그러니 윗사람들과의 관계는 무조건 특별히 신경써서 관리해야 하는데, 초보자들이 가장 쉽게 따라할 수 있는 방법이 바로 '선배(상사) 띄우기' 다. 가식적으로 오버하란 뜻이 아니고, 정말 선배나 상사를 존경하고 좋아하는 마음을 갖고 그들의 장점을 격려하고 칭찬하라는 것이다.

한마디로 비행기 좀 태우라는 뜻. 나를 지지해주는 후배에게 경쟁심을 갖고 적대시하는 선배는 없다. 뭐 하나라도 더 주고 싶어 안달이 나면 났지.

❀ 낮아져야 높아진다

스스로를 낮추면 저절로 높아지는 원리. 상사와의 관계에서 이보다 더 좋은 처세술은 없다. 윗사람을 대할 때는 항상 겸손한 자세로, 뭐든 배우려는 자세로 자신을 일단 낮추라는 것(비굴 모드로 나가라는 건 아니다). 즉, 선배나 상사 앞에서 괜히 폼 잡고 설치지 말란 뜻이다.

아무리 일 잘하고 똑똑한 사원이라도 입만 열면 입바른 소리에 '나 혼자 잘났다'는 식으로 빳빳하게 나오는 사람을 누가 예뻐하겠는가. 칼은 숨어서 갈아야 제 맛이고, 뭔가 보여주려면 조용히 때를 기다리는 게 진정한 고수의 자세다. 시도 때도 없이 저 혼자 튀려고 무지하게 애쓰다가는, 주는 거 없이 미운털 박힌 신세가 되어 저 아래로 추락하는 수가 있으니 눈치껏 행동하라.

❀ 도움이 되는 후배

모든 인간관계에서 '저 사람, 정말 도움이 안돼'라는 소리는 적어도 안 듣고 살아야 한다. 조직 내, 특히 윗사람과의 관계에서 더 그렇다. 상사에게 누를 끼치지 말아야 함은 기본이고, 정말 인생에 도움이 되는 아랫사람이 되라는 말이다. 선배의 일을 적극적으로 나서서 도와준다거나, 큰 역할은 아니더라도 맡은 일을 똑소리 나게 해내서 팀 전체에 좋은 영향을 미친다거나, 사돈의 팔촌 인맥이라도 동원해서 새로운 프로젝트에 유용한 정보(사람)를 물어온다거나 하는 식으로 말이다. 꼭 거창하지 않아도 뭔가 하려고 노력하는 그 모습만으로도 충분히 윗사람의 사랑을 독차지할 수 있다.

세상은 좁고 소문은 무성하다

어느 정도 직장생활을 한 선배들에게 물어보자. 이구동성, 세상 참 좁고 이 바닥 소문이란 게 무섭다고 말할 것이다. 연예계 종사자들의 이야기가 아니다. 특히 관련 직종끼리라면 한두 다리만 건너면 어렵지 않게 그 사람에 대해 낱낱이 알아볼 수 있다는 소리. 그러니 일을 어려워하거나 두려워하지 말고 바야흐로 사람을 조심해야 하는 시대다.

❖ 개판 치고 나왔더니

입사할 때와 퇴사할 때 어쩌면 그렇게 태도가 다를 수 있는지. 안 좋게 회사를 그만두게 되는 경우나 사내에서 문제를 일으킨 경우 백발백중 곱게 나갈 리 없다. 여기저기 회사 비방에, 업무 인계도 개판 5분 전으로 해놓고, 막판에는 근태도 엉망으로 하기 일쑤다. 회사를 무슨 친목단체나 동아리 모임 정도로 생각한다면 큰 오산. 내 뒷모습이 앞으로 내가 들어갈 회사의 첫 이미지가 된다고 해도 과언이 아니다.

실제로 전화 한 통화면 솔직히 어떤 사람인지 쫘르르 정보가 흘러나온다 이 말씀. 요즘에는 전 직장 사람들을 통해 '그 사람 어떤 사람이지?' 라고 아예 노골적으로 묻는 회사들도 많아졌다. 내 토익 점수가 아

무리 높아도 '무책임하고 회사에서 문제가 좀 있었다' 는 말 한마디면
깨끗하게 물먹을 수 있다는 것을 명심하라.

❧ 이미지는 이어진다, 쭉~

반면 이렇게 세상이 좁다 보니 좋은 소문 역시 빠르게 퍼질 수 있다.
즉, 내가 사람들과 관계를 잘 맺고 긍정적인 평가를 받았다면, 앞으로
나의 인맥과 인간관계 역시 별문제 없이 유지되고 관리될 수 있다는 뜻
도 될 것이다. 전 직장에서 꽤 괜찮은 사람으로 인식되었다면 그 이미지
가 쭉 이어질 수 있다는 것.

실제로 사람을 채용할 때 이력서의 경력을 믿기보다는 이전 직장 사
람들의 한마디, 즉 '그 사람 참 괜찮지. 성실하고 책임감도 있고' 라는
말에 더 의존하는 경우가 늘고 있다. 그러니 동료의 눈에 내가 어떤 사
람으로 비치고, 사내 이미지가 어떻게 그려져 있는지에 대해 관심을 갖
고 신경쓸 필요가 있다. '나만 잘하면 됐지', '오해하든가 말든가 회사
나가면 그만이지' 혹은 '다시 볼 사람도 아닌데 뭐' 하는 식의 대충대충
처세로는 직장생활을 평탄하게 하기가 조금 힘들지도 모른다.

❧ 인맥의 폭은 넓다

꼭 회사, 직장에서만 인맥이 중요한 건 아니다. 친구, 학교, 동호회뿐
아니라 심지어 연애도 잘못하면 매장되기 딱 좋다. 그러니 그 누구를 만
나든 예의를 갖추어 행동하고, 설사 안 좋은 관계로 엮이는 경우라도 최

대한 사태를 수습하고 진정시키는 센스를 갖추도록. 제 성질 다 부리고, 이러쿵저러쿵 핏대 올려봤자 뭐 뾰족하게 얻는 것도 없을 테고, 오해와 소문은 눈덩이처럼 부풀려져서 나중에 본인 귀에 '정말 상종 못할 몹쓸 사람'이라고 들어올 수도 있다는 말이다.

늘 천사 같은 얼굴과 마음씨로 모든 사람에게 선하고 좋은 모습만 보이면서 살 수 없는 세상이지만, 적어도 안티 세력을 만들지 않도록 조심하고, 웬만하면 찝찝한 관계는 깔끔하게 정리하고 넘어가는 게 상책이다.

신경을 쓰느냐 마느냐의 차이

모든 것은 마음먹기에 달려 있고 작은 차이에 따라 결과가 확연히 달라진다는 말은 괜한 소리가 아니다. 신경을 쓰느냐 마느냐에 따라 사물을 대하는 관점도 달라지고, 인맥을 만드느냐 못 만드느냐도 결정나며, 크게는 인생 전체가 좌지우지되기도 한다 이거다. 멍하니 사람을 대하는 사람과 눈빛이 반짝반짝 빛나는 사람은 분명 다르다. 인맥을 넓히고 싶다면 세상과 주변에 무조건 관심을 가져야 한다.

✿ 꿰어야 보배

인맥의 중요성을 모르는 사람은 많은 기회가 주어져도 그냥 흘려보내기 일쑤다. 반대로 그 심각성을 빨리 깨달은 사람들은 희박한 인맥에도 씨를 뿌리고 물을 준다. 예를 들어 대부분의 사람들은 면접을 볼 때 면접관을 면접관 이상으로 보지 못한다. 하지만 이때도 그대의 '인맥관리 모터'는 돌아가야 한다. 인터뷰할 때는 좀더 특별하고 좋은 인상을 남기도록 노력해야 하며, 면접 후에 메일 한 통을 보내 그날의 면접에 대한 느낌과 입사하고 싶다는 강한 열정을 한 번 더 피력할 수도 있을 것이다. 핵심은 바로 그대가 사람과의 관계를 중요시하며 최선을 다해 적극적인 태도를 보이느냐 하는 것이다. 사람에게 관심이 없는 사람은 진주가 아무리 널려 있어도 도무지 꿸 줄을 모른다.

⚜ 그때 알았더라면

입사 초기에는 누구나 정신없이 보내기 마련. 업무 파악도 제대로 안 돼 허둥대기 바쁜데 웬 인맥관리냐 하겠지만, 일을 배우는 것만큼, 아니 어쩌면 그보다 더 중요한 게 인간관계를 제대로 트는 것이다. 센스가 있는 사람이라면 뻣뻣하게 인사만 받는 게 아니라 동료들과 빨리 친해지려 애쓰고 선배와 상사에게 살갑게 대할 것이며, 거래처 사람에게도 적극적인 콜을 보낼 것이다.

하지만 대부분의 신입사원들은 수동적이고 느리다. 형식적으로 명함을 받아서 보관해 두고, 도대체 전화 한 통 먼저 거는 용기를 내지 않는다. 물론 아무도 인맥의 중요성, 인간관리의 중요성에 대해 조언을 해주지 않기 때문이기도 하다. 입사 초기에 인맥관리에 대해 배우고 좀더 신경썼더라면 업무 효율은 더 높아졌을 것이고, 실적도 배가 됐을 게 분명한데 말이다. 자, 선배가 하는 전화 통화 요령, 거래처 미팅 모습 등을 눈여겨봐 두라.

⚜ 관심도 노력이다

그러니 인맥을 트는 것, 그것을 관리·유지하는 것을 거창하게 생각지 마시라. 인맥을 넓히고 싶다면 다른 사람에 대한 관심이 우선되어야 한다. 내 일에만 빠져 있는 게 아니라 동료는 어떤 일을 하고 있으며, 우리 팀은 어떤 목표로 움직이고 있는지부터 시작해서 나의 비전과 직장 내의 역할에 대해 생각하다 보면 왜 인맥에 신경쓰고 목숨을 걸어야 하는지 대충 감이 잡힐 것이다.

누가 회사를 옮기든 말든, 누가 뭘 알아봐달라고 하든 말든, 업계가 어떻게 돌아가든 말든 그저 주어진 일만 착실히 하면 될 것이라는 끔찍한 착각은 이제 그만. 관심도 노력해야 생기는 마음이다. 제발 주변 좀 돌아보고 열심히 참견하시라.

퇴사를 앞둔 그대에게

입사만큼이나 중요한 것이 회사를 떠날 때의 자세이다. 입사할 때의 긴장감은 없어졌을지라도 끝까지 단정한 뒷모습을 보여주는 것이 상당히 중요하다. 지금의 회사를 떠난다고 해서 끝은 아니다. 세상은 생각보다 좁고, 인연의 끈이 어디서 어떻게 닿을지 아무도 모르는 것 아닌가.

✤ 흐트러지지 말자

퇴사를 결심하고 결재까지 났다고 하더라도 마지막 그날까지 변함없는 모습을 보여주려고 노력해보자.

대부분 결재만 나면 오후 늦게 출근해서 퇴근도 자기 마음대로 하는 경우가 많다. 게다가 인계할 일만 끝나면 업무 시간에도 자리를 비우는 등 개인 행동을 일삼기도 한다. 떠나는 사람이야 마음이 붕 떠서 그럴 수 있겠지만, 남아서 회사를 지키는 사람들의 입장에서 볼 때는 전혀 유익하지 않다. 마지막 퇴근 도장을 찍는 순간까지 평소와 다름없이 반듯한 모습을 보이자.

❧ 깔끔하게 마무리하자

나가면 그만이라는 생각으로 제대로 일 마무리를 하지 않고 나가는 사람은 두고두고 욕 먹기에 딱 좋다. 아무리 평소에 일 잘하고 능력있는 사원이었다 하더라도 마지막 한 건을 흐지부지 처리해서 전체 이미지에 타격을 입히는 경우를 종종 봤다. 다시는 안 볼 사람들, 회사라서 그러시는지? 천만의 말씀. 언제 어디서 도움을 받게 될지, 부딪칠지 누구도 알 수 없는 일.

누가 물어봐도 '깔끔하게 일 처리 잘하는 사람' 이라는 평을 듣고 싶다면 처음보다 마지막 모습을 더 잘 남겨야 한다는 것을 명심하라.

❧ 자랑하지 말자

더 좋은 조건으로 회사를 옮기게 되어 퇴사하는 경우, 남아 있는 사람들에게 적잖은 스트레스를 줄 수 있다. 게다가 지금 회사 사정이 안 좋은 경우라면 더 조심해야 한다. 개인적으로는 더할 나위 없이 잘된 일이겠지만, 전직을 하고 싶어도 못하는 다른 직원들의 심기도 살펴주는 것이 기본 예의다.

가능하면 여기저기 떠벌리고 다니지 말 것. 미안하고 겸손한 자세로 동료들을 위로해주는 배려를 하자.

❧ 뒤집어엎지 말자

권고사직이나 기타 부당한 이유로 회사를 떠날 때라도 동료들을 선동

하거나 여기저기에서 회사 험담을 늘어놓는 것은 매우 유치한 행동이
다. 억울하면 법으로 해결하면 될 일이지 회사 분위기까지 어지럽게
하고 나가는 것은 미성숙한 태도. 화가 난다고 상사에게 함부로 말한
다거나 회사를 저주하는 등 화풀이를 하는 것은 물론 이해할 수 있는
부분이긴 하지만, 퇴사 후 아무도 그대를 좋은 직원이었다고 평가하
지 않을 것이다.

　'아름다운 사람은 떠나는 뒷모습도 아름답다'는 말이 화장실에서나
볼 수 있는 덕담은 아니다. 입사할 때의 떨리고 감격스러웠던 그 느낌
그대로 자신이 열심히 일했던 회사를 떠날 때에도 쿨하고 멋진 모습을
보여주자.

멋진 커리어우먼은 만들어진다

아직도 일부 여성들이 직장을 대학 졸업 후 결혼 전까지 잠시 거쳐가는 관문쯤으로 생각하는 것 같아 안타까울 때가 많다. 이렇게 출발선에서부터 안일한 생각으로 임하게 되면 업무 성취율은 물론 기타 모든 직장생활의 리듬도 느슨해지기 마련이다. 일할 수 있을 때까지만 일하다가 적당한 선에서 물러나시겠다? 취업을 꿈꾸는 여성들이여, 누구보다 멋진 커리어우먼이 되고 싶지 않으신가?

❖ 롤 모델을 정하라

닮고 싶은 롤 모델(role model)을 정하는 것은 사회생활을 시작하는 초년생에게 매우 중요한 일이다. 그 대상이 꼭 여자일 필요는 없다. 성별을 떠나 배울 점이 많다거나 업무 스타일이 맘에 드는 상대를 정하면 된다. 특히 같은 직장 내에 롤 모델을 찜해 두고 목표를 세우게 되면 업무 성취율이 올라감은 물론 자신의 생활에 큰 활력소가 될 수 있다. 몇 년 후 자신이 되고 싶은 이상형을 정해 놓으면 똑같은 일을 하더라도 훨씬 적극적으로 임할 수 있기 때문이다. 설렁설렁 시간 때우기 식으로 출근하는 사람과 매일 새로운 비전을 꿈꾸는 사람의 미래는 확연히 달라질 수밖에 없다.

❧ 오버액션하지 말 것

또한 멋진 커리어우먼을 꿈꾸는 여성들이 간과해선 안될 것이 하나 있는데, 그건 바로 오버액션하지 말라는 것이다. 즉, 무슨 일이든 부자연스럽게 억지로 직장생활을 끌고 가지 말라는 뜻. 성공을 위해 노력하는 모습은 칭찬할 만하지만 '잘못된 성공 컴플렉스'에 사로잡혀 무리하게 일을 진행시키는 사람은 남자든 여자든 그리 좋아 보이지 않는다. 특히 여자라는 이유로 밀리고 싶지 않다는 과도한 경쟁의식과 일종의 피해의식에 사로잡혀 초능력 커리어우먼이 되고자 스스로를 괴롭힐 필요는 없다. 매사에 의욕과 자신감이 넘치는 것은 좋지만, 일부러 일을 잘하는 것처럼 보이기 위해 오버액션하지는 말자.

❧ 꼭 리더만 되란 법은 없다

성공한 커리어우먼이 꼭 리더일 필요는 없는데, 일하는 많은 여성들이 리더가 되려고 몸부림을 친다. 최고가 되겠다는 의지를 무시하는 것은 아니지만, 이 세상 모든 직장인이 조직의 리더가 될 수는 없는 법이다. 자신의 성격, 장단점에 따라 리더 역할이 적합할 수도 있고, 때론 보조해주는 서포터가 제격일 수도 있다.

일부 정열이 넘치는 여성 가운데는 반드시 남들을 제치고 자신이 리더가 되는 것만이 직장생활의 목표인 것처럼 행동하는 사람이 있는데, '성공한 여자=리더가 될 것'이라는 공식은 성립되지 않는다. 무엇보다 자신의 능력과 적성에 맞게 '행복한 직장인'이 되는 것이 더 중요하다.

✤ 멋진 커리어우먼이 되라

이왕 시작한 직장생활, 스스로 판단할 때 또한 가능하면 다른 사람이 보기에 멋진 직장인이 되는 일은 매우 중요하다. 특히 같은 여자 동료나 후배, 선배들이 그대를 인정한다면 의미가 남다를 것이다. 하지만 멋진 커리어우먼은 따로 만들어지는 것이 아니라 평범한 직장인에서 출발한다는 것을 늘 기억하라. 커리어우먼으로 성공하고 싶다면 남녀 성별을 떠나 제대로 된 직장인이 먼저 되어야 한다는 소리다. 여자이기 때문에 더 특별하게 행동한다거나 같은 이유로 매사에 뒤로 물러나거나 소극적인 모습을 보이는 것, 둘 다 바람직하지 못하다.

여성 스스로 자신이 여성임을 의식하지 않고 일하다 보면 어느 순간 '성공한 멋진 커리어우먼' 이 되어 있을 것이다.

말만 잘해도 성공한다

직장생활에서 가장 필요한 것을 꼽으라면 두말할 것 없이 업무적인 능력이 최우선이 겠지만, 그에 못지않게 잘해야 하는 게 하나 있다. 바로 커뮤니케이션 능력. 다시 말해 대화의 기술이 필요하다는 것이다. 싹싹한 말솜씨와 긍정적인 태도만으로도 하루아 침에 능력있는 사원으로 보이기도 하고, 경솔한 말 한마디에 요주의 인물로 찍히기도 한다 이 말씀. 직장생활을 하다 보면 꼭 해야 할 말과 절대 입에 담아서는 안될 말이 있 으니, 적당한 시기에 제대로 말하는 법을 익히는 것이야말로 성공의 지름길이다.

❀ 곧 그만둘 거예요

직장인이 절대 입 밖에 함부로 내서는 안되는 말이 있으니 바로 '당 장 때려치워야지' 하는 말이다. 그만둘 때 그만두더라도 있는 그날까지 는 이런 험한 말을 입에 담지 않는 게 현명하다. 동료는 물론 거래처에 도 늘 그만둔다는 말을 흘리고 다니는 사람, 누가 봐도 신중한 사람으로 여겨지지 않을 것이다.

물론 그런 말을 내뱉으면 당장 속이야 시원하고 스트레스는 풀릴 수 있겠지만, 순간적인 기쁨일 뿐이다. 내일 그만둘 것도 아니면서 말만 떠 벌리고 다니면 소문은 소문대로 나고, 경영진의 귀에 들어가는 것은 그 야말로 시간문제.

❧ 너무 바빠서 못해요

뭘 하는지 늘 바쁘다며 허둥대는 사람들. 직장에서 원하는 것은 일을 잘하는 사람이지 일만 많이 하는 사람이 아니다. 특히 상사가 일을 시키면 '지금 너무 바빠서 못할 것 같은데요'라고 일축하는 버릇이 있는 사람이 있다. 상사의 입장에서 보면 바쁘다는 말은 핑계로밖에 들리지 않는다는 것을 모르시나. 현명한 사람이라면 상사의 지시를 단도직입적으로 거절하지 않는다. 일의 우선순위와 기한을 물은 뒤 '지금은 급하게 처리해야 할 일이 있으니, 이 프로젝트는 OO까지 하겠습니다. 가능할까요?'라고 명확히 의사를 밝히면 된다. 중요한 것은 일단은 긍정적인 태도를 보여야 한다는 점이다.

❧ 제가 할게요

'제가 할게요!' 윗사람의 입장에서 이렇게 말하는 사람보다 더 예뻐 보이는 부하 직원이 있을까. 업무 능력과 관계없이 태도 하나만으로도 점수를 딸 수 있다 이거다. 직원이 일을 하고 못하고는 다음 문제. 적극적으로 대처하는 자세만 보아도 믿음이 간다는 말이다. 매사에 뒤로 빠지고 도망가는 사람, 겁이 많아 늘 소극적인 사람, 주어진 일만 겨우 해내는 사람… 모두 낙제감이다. 물론 말만 앞세워 큰소리치는 사람도 문제겠지만, '제가 한번 해보겠습니다. 많이 도와주세요'라고 말한다면 적극적이면서도 책임감 있는 사람으로 보일 수 있다.

✤ 너무 싫어요

　반대로 매사 삐딱 노선을 타는 사람은 주변 사람들이 예뻐하려야 예뻐할 수가 없다. '도대체 그 사람은 왜 그래?', '이건 너무 이상하지 않아요?', '너무 하기 싫어요' 등등 불평하는 말도 한두 번이고 어느 정도지. 처음엔 얼씨구나 맞장구를 쳐주겠지만 시간이 흐를수록 그대를 불만투성이 사원으로 인식할 것이다. 특히 여자들 가운데 '너무 아파요' 라는 말을 달고 다니는 사람들은 조심해야 한다. 요즘은 건강관리 제대로 못하는 것도 무능력한 것이니까.

일하는 태도로
그 사람을 평가한다

일을 잘하는 사람과 못하는 사람을 구분하기란 그리 어렵지 않다. 그 사람의 책상, 전화받는 태도, 문서 정리, 회의할 때 말하는 모습만 봐도 알 수 있기 때문이다. 하루종일 책상에 앉아 있는데 별다른 성과가 없는 사람, 늘 바쁘지만 일의 진척이 없는 사람은 제대로 일하고 있는 것으로 볼 수 없다.

❧ 주변 정리의 중요성

한 번 보고 다시 보지 않을 자료들이 수북이 쌓여 있는 책상의 주인, 뒤죽박죽 섞여 있어 자신 말고는 도무지 서류 한 장 찾을 수 없게 주변 정리를 안하는 사람들을 흔히 볼 수 있다. 이들은 욕심이 많아 쉽게 자료를 못 버리는 성격, '언젠가 한 번은 볼거야'라는 막연한 생각으로 늘 쌓아 두기만 한다. 하지만 정작 업무에 필요한 자료들이 무엇인지 제대로 보관도 못하는 경우가 많다.

일 잘하는 사람의 책상은 늘 정돈되어 있다. 깨끗하고 지저분하고를 떠나 분야별로, 중요도별로 책상 정리, 서랍 정리를 깔끔하게 한다는 뜻이다. 이렇게 정리를 잘해 두기 때문에 자료를 찾는 데 시간을 낭비하지 않으며, 꼭 필요한 것들만 핵심적으로 활용하곤 한다.

❧ 메모, 기록하는 습관

일 잘하는 사람의 다이어리 혹은 업무 일지를 보라. 그리 많은 양이 들어 있지 않지만 해야 할 것들과 처리한 업무 등이 일목요연하게 정리되어 있다. 자신이 현재 어떤 일을 하고 있으며 앞으로 해야 할 일이 무엇인지, 그리고 이미 지나간 일들에 대해서도 정확한 기록이 남겨져 있다. 자신의 머리만 믿고 그때그때 닥친 일만 처리하는 사람과 꼼꼼하게 기록하는 습관을 가진 사람과는 분명 다르다. 메모와 정리를 잘하는 사람은 계획하고 실천하는 일이 자연스럽게 몸에 배어 있다. 이들은 모든 것을 문서로 남겨 두기 때문에 회사를 떠나게 되더라도 후임자에게 귀중한 자료를 잘 전달해준다.

❧ 신속한 업무 보고

일은 하되 절대 미리 보고하지 않는 습관이 있다면 지금 당장 고치도록. 상사는 보고받는 것을 좋아한다. 프로젝트가 끝난 뒤 결론만 보고하는 것보다는 중간중간 일의 진척 상황을 적절히 보고하는 것이 현명하다. 만약 나중에 업무 사고가 나더라도 중간 보고가 있었기 때문에 어느 정도 면피할 수 있으며, 윗사람은 그대가 어떤 일을 하고 있는지 파악할 수 있으니 일거양득이다.

회사는 아무리 능력이 뛰어나도 혼자 일을 진행하고 결정하는 프리랜서를 원치 않는다. 하물며 능력도 없으면서 모든 일을 단독으로 처리하는 사람은 무능력하다는 평가를 면할 수 없을 것이다. 작은 일부터 큰일까지 늘 팀장과 상사에게 수시로 보고하고 정보를 공유하라.

물론 위의 모든 것을 지키지 않고도 뛰어난 업무 성과와 탁월한 커뮤니케이션 능력을 보여준다면야 무엇을 바라겠는가. 하지만 그럴 수 없다면 그대의 일하는 태도와 습관을 고쳐보라. 늘 정신없고 허둥대는 모습이 아니라 침착하고 깔끔하게 일을 처리하는 똑 부러진 사원이 되라는 말이다.

Chapter 2
알아 두면
득이 되는
인맥 노하우

인맥을 끊는 무례한 행동들

직장은 서로 다른 가치관과 성격을 지닌 사람들이 모인 집단이니만큼 업무 능력 못지 않게 직장 매너가 중요하다. 특히 요즘처럼 이미지로 사람을 평가하는 시대에는 더더욱 말과 행동에 주의를 기울여야 한다. 무심코 내뱉은 말이나 사소한 행동 하나가 씻을 수 없는 오명을 남길 수도 있다는 것을 명심하자.

❖ 괜히 튕기기는…

직장은 하나의 목표를 위해 제각기 다른 역할의 여러 사람이 모인 곳이다. 따라서 다른 팀과의 관계는 물론 자신이 속한 팀에서의 커뮤니케이션이 상당히 중요하다. 그러나 비성숙한 사람들은 타 부서에서 업무 협조가 오면 일단 부정적인 반응을 보이고 삐딱한 태도를 취한다. 엄연히 공적인 요청임에도 불구하고 마치 사적인 부탁이라도 들어주는 양 위세를 부린다는 말이다.

이처럼 매사에 까다롭게 구는 행동은 자신이 미성숙한 직장인임을 스스로 드러내는 일일 뿐이다. 어디서 어떤 업무 협조가 들어오더라도 긍정적인 자세로 적극 협조하는 모습을 보이자. 그대도 언제, 어디서,

누군가에게 도움을 받을지 모르는 일 아닌가.

❖ 공격적인 성격

배배 꼬여 있는 듯한 태도와 버금가는 무례한 행동 중 하나가 바로 공격적인 태도일 것이다. 무슨 말을 못할 정도로 말끝마다 톡톡 가시 박힌 말로 대꾸하는 사람들은 주변을 피곤하게 한다. 다른 사람의 말을 유난히 오해하고 곡해해서 해석하는 경향이 있다면, 혹시 자신도 모르는 어떤 피해의식이 있는 것은 아닌지 스스로 점검해볼 필요가 있다. 자신감 넘치고 능력있는 사람들은 공격적일 필요가 없기 때문이다. 매사에 너그럽고 여유로운 태도는 내면의 당당함을 갖춘 사람에게서만 볼 수 있는 모습이란 걸 명심하라.

❖ 심드렁한 태도

공격적이지도, 삐딱하지도 않지만 항상 심드렁한 태도로 일관하는 사람도 나을 것 하나 없다. 무슨 말을 했을 때 '마음대로 하세요', '그러시든가요', '그러죠 뭐' 등등의 답변은 듣는 이로 하여금 상당히 맥 빠지게 하는 말투일 뿐만 아니라, 윗사람이 들으면 버릇없는 사람으로 찍히기 딱 좋다. 말 한마디로 천 냥 빚도 갚는다는데, 이왕 일할 바에야 싹싹하고 긍정적인 말투로 대처하는 게 현명하지 않을까? 입장을 바꿔 그대가 이런 말을 후배에게 들었다고 생각해보라.

지위고하를 막론하고 나의 이미지는 내가 만들어가는 것이며, 직장생활은 우리 인생의 많은 부분을 차지하는 만큼 중요한 의미를 지닌다. 누구에게나 나이스하고 매너 좋다는 평가를 받고 싶다면 지금 자신의 모습을 한번 되돌아볼 일이다. 노력 없이, 뿌린 것 하나 없이 거두는 그런 기적은 아예 꿈도 꾸지 마시라.

메신저로 친한 척하기

메신저, 미니홈피나 블로그 활동을 금지하는 회사들이 많다. 아무래도 업무 효율을 떨어뜨리는 것은 사실이니까. 하지만 요즘 젊은 세대는 이런 일대일 매체를 이용해 직접 미팅하는 것보다 훨씬 큰 효과를 거두기도 한다는 사실을 모르는 것 같다. 자, 여성 특유의 부드러운 감성을 최대한 살려 친근하게 다가가자. 서먹한 사이를 금세 친하게 만드는 메신저 활용 방안에 대해.

❖ 여자라서 유리하다

메신저를 통한 친분 쌓기는 미팅 초반의 어색함을 풀 수 있어 매우 효과적이다. 직접 만나서 이야기하는 것보다 훨씬 폭넓게 대화를 나눌 수도 있고, 껄끄러운 이야기도 부드럽게 풀어 나갈 수 있으니 말이다. 특히 여자들은 남자보다 부드럽게 메신저 대화를 이끌어갈 수 있기 때문에 거래처와의 관계를 급진전시키는 데 이보다 더 빠른 방법은 없다. 일단 친해지고 나면 안될 일도 되고, 될 일은 더 잘된다.

❖ 사소한 전략

만약 거래처 사람의 블로그, 미니홈피 주소를 물어보았다면 반드시 방문해서 흔적을 남기자. 어떤 때는 이 방법이 열 통의 이메일, 스무 통의 전화보다 훨씬 효과가 있다. 일단 관심을 가져주었다는 것만으로도 좋은 관계를 맺을 수 있다는 거다.

하지만 지나치게 많은 답글을 남기고 안부 게시판을 도배하는 것은 삼가자. 할일 없는 한심한 사람으로 보일 수도 있을 테니까. 또한 메신저 대화명도 왕짜증, 울트라캡숑 같은 유치한 대화명 말고 그럴듯한 것으로 설정하는 것도 하나의 센스. 이런 것이 모두 이미지 전략임을 명심하라.

❋ 내용은 늘 저장하라

메신저를 통해 업무 내용을 나누다 보면 직접 대화하는 것이 아니므로 서로 달리 해석하는 부분도 있을 수 있다. 따라서 거래처와의 대화는 늘 저장해 두고, 애매모호한 부분은 꼭 다시 물어 확인하고 넘어가자. 또한 대화명을 잘못 보고 실수하지 않도록 주의하라. 실례가 되는 것은 물론, 비밀 문건이나 아이디어가 누출될 수도 있으니 각별히 조심할 것.

그런데 이런 다이렉트 매체를 통해 친해지려면 무엇보다 진실한 마음으로 나 자신을 공개하는 것이 우선이다. 비록 약간의 흑심(효과적인 거래처 관리라는)이 없지는 않겠지만 무엇보다 순수한 모습으로 다가가는 게 도리. 또 지나친 관심도 자제하시라. 사이버상에서 허물없이 친해지다 보면 말실수도 하게 되고, 오히려 업무를 그르칠 수도 있다.

필요하면 조르라

인맥을 만들어가는 가장 쉽고 효과적인 방법은 바로 '소개' 를 받는 것이다. 그런데 대부분의 직장 여성들은 이 방법에 늘 소극적인 태도를 취해서 문제다. 마치 자존심이라도 상하는 양 절대 먼저 부탁하지 않고 소개를 받는다는 것 자체를 영 내키지 않아 하는 것 같다. 제발 '소개팅' 에만 목숨걸지 말고 다른 사람의 인맥을 자신의 인맥으로 끌어들이는 방법, 바로 '소개받기' 에 적극 나서라.

✤ 자연스럽게 끼어들라

소개받기를 원하는 사람이 있다면 주저없이 소개해달라고 조르라. 목적지에 도달하는 가장 쉽고 현명한 방법이다. 하지만 무턱대고 비비면 주책맞아 보이고 그야말로 속보이니 주의하라. 자연스럽게 '언제 만나실 때 저도 좀 끼어주세요' 라거나 '셋이서 밥이라도 한번 먹죠' 라며 운을 띄우라. 뭔가 절실하고 아쉬운 듯한 인상을 남겨서는 안된다. 일단 자연스럽게 그들의 모임에 녹아들어가라.

✤ 단호하고 짧게

물론 누군가에게 부탁하는 게 말처럼 간단하고 쉬운 일만은 아니다.

소개해달라고 했는데 영 반응이 없다거나 전혀 움직이는 기미가 안 보인다면 한 번쯤 다시 조르는 것도 괜찮다. '일전에 말했지? 그 사람 한 번 같이 보자' 라고 말하되, 이번에는 정말 단호하게 힘주어 말하자. 대충 눈치 있는 사람이면 어떻게든 자리를 마련해줄 테고, 만약 자꾸 약속을 미루고 피하는 느낌이 든다면 뒤도 돌아보지 말고 깔끔하게 접는 게 좋다. 자존심까지 버릴 필요는 없다는 뜻이다.

❀ 점점 넓혀가라

소개를 통한 인맥이 좋은 이유는 일단 검증된 사람을 만날 수 있다는 점이다. 믿을 수 있고, 또 소개를 통한 만남이기 때문에 쉽게 인연이 끊길 염려도 없다는 장점이 있다. 남의 인맥을 자신의 인맥으로 만드는 것, 그게 바로 차세대 업무 능력이다. 발을 쫙쫙 넓혀가라. 사람 만나는 것을 두려워하지 말고 즐거운 마음으로 소개받을 것. 단, 소개를 받게 되면 책임감 있게 관계를 유지, 관리하는 게 더 중요하다.

만약 내가 중요한 사람을 소개받고 싶다면 나 또한 나만의 인맥을 오픈하는 게 매너다. 이 사람과 그 사람이 잘 어울릴 것 같다든지 업무 영역이 상호 보완될 것 같으면 적극적으로 소개하고 만남을 주선하라. 이리저리 인맥의 다리를 놓다 보면 자신이 덕을 보는 경우가 더 많아진다는 사실을 명심할 것. 돈도, 사람도 넉넉히 베풀어야 돌아오는 법이다.

기억력 좋으면
무조건 점수 딴다

사람은 누구나 자신에게 특별한 관심을 가져주거나 사소한 것까지 기억해주는 사람에게 감동하는 법이다. 업무적인 내용을 정확히 기억하고 있는 것은 기본이요 비즈니스 파트너의 취향이나 식성, 취미까지 기억해줄 수 있다면 금상첨화. 그렇게까지 세심하게 배려해주는 사람을 소홀히 대할 수는 없을 테니 말이다.

⚜ 신뢰감을 주니까

기억력이 좋으면 같이 일할 때 믿을 수 있고 확실하다는 느낌을 주므로 함부로 대할 수가 없다. 기억력이 좀 떨어진다면 늘 메모하는 습관을 기르자. 상사가 말할 때 대답만 하는 사람보다는 꼼꼼히 메모하는 사람이 신뢰감을 주는 것은 당연하다. 또 미팅이나 회의 후에는 그날의 대화 내용을 정리해서 문서로 보관하고, 상대방에게 안부 인사를 겸한 메일을 보내는 것도 좋은 방법이다.

⚜ 실수를 적게 하니까

일하다 보면 정말 많은 사람을 만나게 되고 통화도 하게 되는데, 기억력이 좀 떨어지다 보면 한참 생각해도 잘 떠오르지 않는 사람도 있고, 어디서 만나기는 한 것 같은데 왜 만났는지 기억이 안 나는 경우도 많다. 이럴 땐 티를 내지 말고 적당히 맞장구를 쳐가며 시간을 좀 끌든가, 아니면 일단 그 상황을 피하는 게 좋다. 가장 큰 실수는 다른 사람으로 오해하고 실컷 아는 척 떠들어대는 것이다. 차라리 가만히나 있을 것이지…. 비즈니스의 세계에서 한 번 실수를 만회하려면 몇 배로 공을 들여야 한다는 것을 명심하고 늘 긴장을 늦추지 말자.

❖ 감동을 줄 수 있으니까

그런데 기억력이 좋아서 덕을 보는 경우는 뭐니뭐니해도 사적인 것까지 기억해내서 상대방에게 감동을 줄 수 있을 때다. 어디에 사는지, 애인은 있는지부터 시작해서 어떤 음식은 싫어하고 또 최근 상황은 어떤지를 대략 파악하고 있으면 대화할 때 실수가 적어지고 또 공통의 화제를 쉽게 이끌어낼 수 있으니 유리하다. 거래처 사람이나 상사에게 '커피는 안 좋아하시죠? 대신 녹차나 홍차를 드릴게요' 라는 말 한마디만 해도 그대를 평범한 사원으로 보지는 못할 거란 소리다.

사실 대부분의 기억력은 관심에서 출발한다. 기억력이 좋다는 것은 그만큼 관심을 기울이고 있다는 뜻이므로 업무는 물론 인간관계도 원만히 풀어갈 수가 있다. 사소한 것은 고사하고 이름이나 성도 제대로 기억 못해 쩔쩔맨다면 도대체 정을 주려야 줄 수 없을 것 아닌가.

작은 차이가 인맥을 만든다

사람을 감동시키는 일은 쉽게 지나칠 수 있는 사소한 것에서부터 시작한다. 어떤 사람과 인연을 맺기 위해 의도적으로 오버하거나 억지로 애를 쓴다고 해서 좋은 관계를 오래 지속할 수는 없다. 뭐든 자연스러운 게 최고. 사소한 약속이나 작은 선물, 따뜻한 말 한마디가 마음을 움직일 수 있다.

❧ 약속은 꼭 지킬 것

이것은 인맥을 떠나 모든 사회인의 기본 조항이다. 프로젝트의 기한을 지켜야 하는 것뿐 아니라 매일매일 그날의 미팅이나 업무 데드라인을 맞추는 것도 다 포함된다. '미안하다, 못했다', '차가 막혀 늦었다', '급한 일이 있었다' 혹은 '좀 아팠다' 등등의 핑계는 그 자리의 위기는 모면할 수 있겠지만 신뢰감은 바닥에 떨어지게 된다는 것을 꼭 명심하라. 개인적인 사정은 개인적으로 알아서 처리하시고, 공적인 업무나 다른 사람들과 연계되어 일해야 할 때는 철저하게 약속을 지키는 것이 기본이다.

⚜ 선물 공세

　뇌물이나 부담스러울 정도의 큰 선물을 말하는 게 아니라 그저 미소
가 머금어질 정도의 작은 선물을 자주 해보라. 받아서 맛이 아니라 삭막
한 인간관계를 촉촉하게 해주는 윤활유 역할을 하는 게 바로 이 '선물'
이기 때문이다. 회사용 판촉물도 좋고, 휴대폰 열쇠고리도 좋고, 하다못
해 음료수 한 잔이라도 얼마든지 상대방을 기분좋게 할 수 있다. 거래처
직원이 여자라면 효과는 거의 100%. 받는 입장에서는 마음과 성의가 고
마워서 그대를 기억하게 될 것이고, 인맥의 고리는 더욱 탄탄해진다.

⚜ 전화 통화를 주도하라

　그밖에 돈 한 푼 안 들이고도 상대방의 마음을 사로잡을 수 있는 방법
이 있으니, 바로 '전화 통화'다. 이왕이면 밝고 힘차게 전화를 받아보시
라. 자꾸 전화를 걸고 싶어지게 만들 테니 말이다. 상대방이 묻는 말에
만 대답하다 보면 금세 전화를 끊을 수밖에 없고, 공적인 대화 외에 더
이상 할말도 없게 된다. 하지만 '아~ 김 대리님! 정말 오랜만이에요! 안
그래도 궁금해서 전화 한번 드릴까 했어요. 잘 지내셨나요? 참, 저번에
추진하시던 건 어떻게 잘되셨어요?' 하는 식으로 통화 내용을 주도적으
로 이끌어간다면 오랫동안 기분좋은 통화를 할 수 있다. 별걸 다 기억해
주는 그대의 배려에 상대방은 감동하게 될 테고.

보기엔 쉬워 보여도 이런 기본적이고 사소한 것도 못 지키는 사람들이 많다. 약속 펑크는 그저 웃음으로 수습하고, 생전 커피 한 잔 뽑아줄 줄도 모르며, 자기 필요할 때만 전화해서 부탁하고 끊는 사람들 말이다. 평범한 직장인으로 지내기에는 별무리 없어 보이지만, 그런 사람에게는 비전이 안 보이는 것도 사실이다. 작은 차이가 명품을 만들고, 작은 노력이 인맥을 만든다.

오는 정 가는 정

사회생활을 할 때 기브 앤 테이크 정신만 있으면 어디 가서나 기본은 할 수 있다. 도움을 주면 언젠가 도움을 받게 될 것이고, 내가 은혜를 입었다면 반드시 갚아야 도리인 것이다. 아, 그렇다고 해서 꼭 받은 만큼 되돌려줘야 한다는 삭막한 논리는 아니다. 하지만 주거니받거니 하다 보면 인간관계가 돈독해짐은 물론 새로운 인맥도 틀 수 있다는 것이다.

⚜ 자기 필요할 때만

꼭 자기가 아쉬울 때만 전화해서 도움을 청하는 사람들이 있기 마련이다. 솔직히 치사하니까 다 들어주고 대충 눈감아주는 것이지, 따지고 들자면야 할말이 어디 한두 마디일까. 이런 얌체 행동이 잦아지고 길어지면 하나둘 사람들이 떠나게 된다. 만날 받아만 먹는 사람과 끈끈한 관계를 유지하고픈 마음이 들겠는가. 새로운 관계를 트는 것은 고사하고 그나마 있던 지인들마저 놓치게 생겼다.

⚜ 뻔뻔해지지 말자

특히 여자들은 도움을 받는 데 익숙한 나머지 일할 때에도 뻔뻔해지는 경우가 종종 있다. '오 대리님, 제 컴퓨터 좀 고쳐주세요', '선희 씨, 나 이거 복사 좀 같이 해주라' 등등. 물론 누구나 일하다 보면 주변의 도움을 청할 수 있지만 그 수위가 지나치다거나 항상 받는 쪽이라면 심각하게 반성할 필요가 있다. 또한 크든 작든 도움을 받으면 메일이나 쪽지, 음료수 한 잔이라도 건네면서 반드시 고마움을 표시할 것. 사람들은 의외로 소심하므로 섭섭함을 느끼는 순간 관계에 적신호가 켜진다.

✤ 차단하지 말라

누군가의 부탁을 받게 된다면 일단 긍정적으로 수락하라. '아 그거요? 음, 제가 좀 바쁘긴 한데 급하신 거 같으니까 한번 알아봐드릴게요!' 라는 식의 적극적인 말 한마디가 좋은 이미지를 남긴다. 부탁을 수락하든 안하든 부정적인 표현이나 반응은 관계를 차단하는 지름길이란 걸 명심할 것. 딱 잘라 저 할일만 다하면 되는 게 조직 생활이 아니다. 넘치면 나눠주기도 하고, 부족하면 얻어서 채워 넣기도 하는 것이 공동체의 특징. 그래서 타인과의 관계는 늘 물 흐르듯 원할하게 소통시키는 게 중요하다.

알게 된 지 얼마 안된 서먹한 사이에서도 마찬가지다. 굳이 친한 척하려고 애쓰는 것보다 이렇게 한두 번 도움이 오가다 보면 자연스럽게 신뢰감이 형성된다. 인맥을 이어가려면 이처럼 '퍼주는 자세' 가 필요하다. 오는 정 가는 정 속에 인연의 줄은 쉽게 끊기지 못할 것이므로.

인맥으로 입사한 경우

회사에 공석이 생겨 사람을 뽑는 중인데 누구 좋은 사람 있으면 추천해달라는 경우가 가끔 있다. 이처럼 소개를 통해 입사하는 경우라면 좀더 신중한 태도로 회사생활을 해야 한다는 걸 명심하라. 소개시켜준 사람과 소개받은 사람 사이의 관계 때문에 자신을 포함한 다른 동료들이 일하는 데 불편한 점이 한두 가지가 아니기 때문이다.

❧ 동아리 선배야, 상사야?

인맥을 통해 입사한 경우 개인적인 친분 때문에 주변 사람들을 힘들게 해서는 곤란하다. 적당히 친한 것도 좋지만 공사 구별을 하지 못하고 선배 혹은 언니로 부르질 않나, 학교 시절 버릇이 그대로 남아 있는지 회사를 동아리방처럼 휘젓고 다니질 않나.

동료 입장에서는 새로 들어온 사람만 왠지 특권을 누리는 것 같아 불안하기도 하고 혹은 눈감고 슬쩍 봐주는 부분은 있지 않을까 등등 시선이 고울 리 없다. 따라서 아무리 명명백백하다고 해도 사람들의 눈을 의식해 행동을 절제할 필요가 있다.

✤ 모르는 사이는 아니지만

인맥을 통해 입사하게 되면 아무래도 나를 소개해준 그 사람을 신경 쓰게 되고 뭐라도 더 잘해줘야지 하는 마음이 드는 게 인지상정이다. 하지만 소개해줬다는 이유로 비굴 모드로 나간다거나 그 상사의 충성스러운 부하 직원이 되어야 한다는 뜻은 아니다. 그대가 당당히 실력을 갖췄기 때문에 정당하게 뽑혔다는 걸 기억하고 '노'라고 말해야 할 때는 정확하게 거절하는 자신감을 갖자.

모르는 사이는 아니지만 조금 안다는 이유로, 또 먼저 기회를 줬다는 이유로 말도 안되는 요구를 한다면 참지 마시라. 항상 객관적인 자세를 취하다 보면 구설수에 오르는 일도 없을 것이다.

✤ 기대치가 높으므로

누구의 소개로 입사했다는 소문이 퍼지면 회사 사람들은 은근히 그대를 멀리하거나 색안경을 끼고 볼 수 있다. 그러므로 입사 초반에 아예 기선을 확 잡을 필요가 있다. 낙하산이 아님을 증명하기 위해서라도 더 열심히 일하고 다른 사람들에게도 신경써서 잘해야 한다. 얌전히 있으면 믿는 구석이 있으니까 거만하다는 소리 듣고, 너무 나서면 뭘 믿고 저렇게 설치느냐는 말을 듣게 된다. 무엇보다 일단 실력으로 승부하는 것이 기본. 업무 처리 똑 부러지게 하고, 가능하면 친분이 있는 상사보다는 일반 동료들과 어울리는 시간을 더 많이 갖자.

인맥을 통해 입사했다면 그만큼 책임감도 두 배가 된다. 차라리 모르는 데가 편하겠다 싶을 만큼 스트레스도 상당할 것이다. 업무상 실력을 발휘하는 것은 기본이고 항상 말과 행동을 조심해 소개한 사람에게 누가 가지 않도록, 또 정말 잘 뽑았다는 소리를 듣도록 신경써야 한다.

처음 부탁은 들어주라

누구나 그렇지만 사람과 친해지는 계기는 참으로 단순하다. 먼저 인사를 건넸다는 이유로, 또는 사소한 부탁을 들어준 것이 인연이 되기도 하고 말하는 모양새가 참 반듯해 보여서 인상 깊었다 등등. 특히 누군가에게 도움을 받게 되면 인연은 쉽게 끊어지지 않는 법인데, 만약 알게 된 지 얼마 안된 사이라면 웬만한 부탁은 들어주자. 그것이 그 사람과 친해지는 가장 쉬운 방법이기도 하다.

❖ 첫 거절은 치명적이다

오래 알고 지낸 사이라면 때에 따라 부탁을 정중하게 거절할 수도 있고 대충 핑계를 댈 수도 있겠지만, 이제 막 안면을 트고 가까워지려 하는 거래처 사람이나 막 부임한 상관의 부탁은 적극적으로 들어주자. 사소한 것이라도 도움을 받게 되면 상대방은 그대를 유익한 인물로 보고 앞으로도 계속 인연을 맺고 싶어할 것이다. 하지만 이럴 때 만약 이런저런 이유로 거절을 당하면 '왠지 모르게 가까워지지 않는 사람' 으로 남고 만다.

꼭 명심하라. 처음 거절은 인간관계에서 치명적이라는 것을.

✤ 도와주고 싶은 마음은 굴뚝이야

하지만 들어주고 싶어도 못 들어주는 일이 생긴다면 하얀 거짓말을
할 수밖에 없다. 알아본다고 알아봤는데 연관 있는 사람이 없어서 방법
이 없다고 한다거나, 집안일 등을 핑계로 대면 조금 피해갈 수 있다. 물
론 이것도 거절의 또다른 표현이므로 고수들은 이렇게 위기를 모면한
다. '네가 부탁한 것은 사정상 좀 힘들 것 같고, 대신 이렇게 도와주면
어떨까' 라고 새로운 제안을 하는 것이다. 무 자르듯 관계를 끊지 않고
여지를 조금이라도 남겨 둠으로써 '도와주고 싶다' 는 마음을 전달하는
것이다. 이렇게 하면 실질적인 도움을 주지 않더라도 점수를 따는 데는
지장이 없을 것이다.

✤ 도와주는 사람이 되라

사람들이 인맥을 중시하고 네트워킹에 신경쓰는 것도 다 어려울 때
서로서로 도움을 받고 사회에서 밀어주고 당겨주기 위함이다. 따라서
어떤 모임, 어떤 조직에서든 늘 도움을 주고 베푸는 입장에 서게 되면
자연스럽게 사람이 몰리게 된다. '이걸 어떡해 하지? 라고 고민하게 될
때 '아, 김 대리한테 물어봐야겠다!' 고 대번에 나올 수 있다면 어느 정
도 성공한 셈. 귀찮다고 대충 돌려보내거나 노력도 해보지 않고 '글쎄,
잘 모르겠는데' 라고 말하는 사람과 '아, 그거? 내가 아는 선배가 전문
이니까 한번 알아보고 연락해줄게' 라고 하는 사람. 그대라면 어떤 사람
과 어울리고 싶은가?

　인간관계에서는 능력있는 사람으로 통하도록 평소에 믿음을 심어
줘야 한다. 내가 쓸모있는 사람으로 인정받게 되면 나보다 더 좋은 사
람들이 나와 관계를 맺게 되고 네트워크의 수준도 점점 높아지게 될
테니까.

우연한 기회를 꽉 잡으라

억지로 만들어 오는 기회도 있지만, 대부분 굿 찬스는 우연히 그리고 정말 뜬금없이
찾아오는 법이다. 소중한 인연도 마찬가지. 중요한 것은 우연한 기회가 왔을 때 대처
할 철저한 대비책을 세웠느냐 하는 것이다. 바람처럼 왔다가 그야말로 이슬처럼 갈
수도 있는 인생의 황금 기회를 절대 놓치지 말고 꽉 잡자.

❖ 이메일 한 통 보냈을 뿐인데…

그리 크지 않은 잡지사 기자였던 M양은 업무차 신제품 런칭 취재를
갔다가 유명 디자이너와 인사를 나누고 명함 하나를 받게 되었다. 그녀
는 평소 누구를 만나든 명함관리를 철저히 하고 꼭 이메일로 가벼운 안
부 인사를 남기는 습관이 있었던 터라 회사에 오자마자 역시 이메일 한
통을 그 디자이너에게 보냈다. 그저 목례로 가볍게 인사를 하고 명함을
주고받았을 뿐이라 그녀를 기억할 리도 없으련만, 그 유명 디자이너는
직접 M양에게 전화를 걸어 고맙다는 인사와 함께 밥이라도 한번 먹자
고 제안했다. 이게 웬 횡재!

❧ 기회를 잡았다

하지만 M양은 그 디자이너를 업무상으로 이용(?)하고 도움을 받으려는 마음으로 대하지 않았다. 진심으로 대하며 마음을 열고 이야기했으며, 부드러운 분위기를 만들려고 노력했을 뿐이다. 무엇이든 불순한 사심이 먼저 개입되면 될 일도 안되는 법이기에. 예상대로 그녀와 그 유명 디자이너는 지금 절친하게 지내는 막역한 사이가 되었다. 가벼운 이메일 한 통으로 그녀는 업계 섭외 대상 영순위인 디자이너와 소중한 인연을 맺을 수 있었던 것.

이 모든 것이 가능했던 것은 기회가 왔을 때 적절히 대응한 그녀의 남다른 자세 때문이었으리라.

❧ 그녀의 인맥을 통해

M양이 유명 디자이너와 친하게 되면서 업무상 많은 도움을 받게 되었음은 두말할 것도 없다. 업계의 새로운 소식도 빠르게 접할 수 있음은 물론 그녀가 소개해준 다른 지인들도 만나게 되면서 인맥의 폭도 엄청나게 넓어진 것. 워낙 사람을 좋아하고 적극적인 마인드를 가진 M양이라 새로 만나는 사람들과의 인연도 소중히 여겼으며, 지속적으로 연락하고 도움을 주고받으면서 끈끈한 유대 관계를 만들어가고 있다. 누군가를 통해 전혀 새로운 세계의 사람을 소개받았을 때 결국 자신의 인맥으로 만드는 것은 순전히 그대의 몫이란 걸 기억하시라.

　이렇게 새로운 사람과 인연을 트게 될 때 주의할 점 한 가지. 짧은 기간 내에 급속도로 친해지려고 오버하거나 무리하지 마시길. 조금 친해진 것 같다고 시도때도 없이 전화하거나 만나자고 떼쓰는 무례를 범하지 말자. 모든 인간관계에는 리듬이 있는 법이다. 그 흐름을 자연스럽게 타면서 적당한 타이밍에 콜을 하는 게 바로 사람 잘 다루는 선수들의 숨은 비법이라 이 말씀.

말투와 인맥

사람을 만날 때 첫인상의 중요성은 두말하면 잔소리. 이 첫 이미지를 좌우하는 것이 바로 말과 행동이라는 데 다들 공감할 것이다. 특히 친해지기 전까지 상대방을 파악하기 위해서는 그 사람의 말투, 말하는 모양새를 보고 어떤 사람인지 대충 짐작하게 된다. 안타깝게도 사람의 선입견은 생각보다 훨씬 강한지라, 일단 영 아니다 싶은 생각이 들면 아무리 다가가려 해도 쉽사리 가까워질 수 없는 법. 누구를 만나든 말투에 좀더 신경쓰자.

⚜ 아기 같은 말투

여자들은 이왕이면 어리고 귀엽게 보이고 싶어하는 본능이 있는 것 같다. 그래서인지 직장에서도 괜히 혀 짧은 소리로 앵앵거리거나 희한한 말투에 요상한 단어를 써서 주변 사람들을 당황시키는 경우가 종종 있다. 회식이나 사석에서 가끔 그런다면야 웃어넘길 수도 있겠지만, 공식적인 회의나 거래처 미팅에서 '그댔는데여', '짱 이상해서리…' 등등 점잖지 못한 말투를 아무렇지도 않게 쓰는 것은 곤란하다. 유치한 말투가 그대는 물론 회사의 이미지까지 다 망쳐 놓고 말 테니까. 게다가 앞에서는 다들 웃고 말겠지만, 그대에게 중요한 프로젝트는 절대 맡기지 않을 것이란 사실도 명심하라.

❀ 농담도 가려가며

제 딴에는 유머랍시고 실없는 소리를 툭툭 뱉는 사람들이 있는데, 사람을 소개받는 자리거나 안 지 얼마 안되는 사람 앞에서는 농담도 가려가며 해야 한다. 잘 알지도 못하는 사람에게 무심코 뱉은 말 한마디가 상처로 남을 수도 있기 때문.

평소 밝고 쾌활한 R양은 다 좋은데 말에 조심성이 없는 게 탈인 여자였다. 아니나다를까, 우연히 알게 된 친구의 거래처 사람에게 실없는 농담 한마디 건넸다가 결국 친구까지 곤란하게 만들고 말았다. 유머 감각이 있는 것과 쓸데없는 말을 내뱉는 것과는 엄연히 다르다. 자신이 없으면 그냥 가만히 있으시라. 괜히 분위기만 썰렁하게 만들 뿐이다.

❀ 참 괜찮은 사람 같아

반면에 예의바른 말투와 침착한 목소리로 사람들의 관심을 받고 좋은 인상을 남기는 경우도 있다. 똑같은 말이라도 또박또박한 말투와 상냥한 미소, 그리고 부드러운 표현을 쓰면 누구나 기분이 좋아지게 되고 또 그 사람을 달리 보게 된다. 별것 아닌 말이라도 '그것도 몰라요?', '뭐, 그런가 보죠', '글쎄, 전 잘 모르겠는데요' 하는 식으로 툭툭 던지는 것과, '아. 그런가요?', '정말요? 고맙습니다', '저는 잘 모르지만 한번 알아봐드릴까요? 라고 친절하게 대하는 것은 하늘과 땅 차이다.

내가 괜찮은 사람으로 보여야 더 괜찮은 사람이 붙게 된다. 말의 내용과 말할 때의 분위기가 사람의 이미지를 결정한다는 것을 잊지 말자. 가능하면 겸손하고 부드러운 말투로, 될 수 있으면 호감을 주는 목소리와 친근한 태도로 자신을 포장하자.

여자들끼리 모여서 좋은 점

솔직히 여자들이 인맥을 트고 유지하는 데 약한 게 사실이지만, 어떤 모임에서 그들만의 커뮤니티를 이끌어내는 재주는 정말 탁월하다. 대부분 여자들의 감성은 남자들의 그것보다 말랑하고 탄력적이란 사실. 쉽게 마음을 열고 처음 본 사람과도 금세 가까워지는 그 친화력을 썩히지 말고 적극 활용하자.

❀ 실속 있게 뭉치자

영양가 없이 몰려다니며 수다나 떨고 끼리끼리 어울리라는 게 아니다. 비슷한 처지의 사람들과 뭉쳐서 소모임을 만들라는 뜻이다. 브랜드 매니저들 간의 모임, 각 회사 홍보맨들이나 마케팅 담당자들 간의 커뮤니티 등등 업무상 명분을 내세워 만나면 정보 공유도 되고 업계의 현황도 파악할 수 있어 좋다.

특히 여자들끼리 뭉치면 결속력이 더 탄탄해진다는 사실. 여자들은 살벌한 경쟁 구도보다는 끌어주고 당겨주는 협조적인 관계에 더 익숙하기 때문이다. 신입 사원이라고 주저주저하지 말고 앞장서서 엮어보자.

✤ 의리 하면 또 여자

남자들의 의리? 남자들의 우정? 한물간 지 오래된 말들이다. 허풍이나 치면서 자기 힘을 과시하는 것과는 차원이 다르다는 거다. 조목조목 이야기를 들어주고 자기 일처럼 걱정해주며 어떻게든 도와주려는 언니(혹은 어머니)의 마음, 이게 바로 여자 네트워크의 강점이다. 좋은 선배 언니 한 명 알아 두면 이래저래 인생에 도움이 된다. 직장 문제, 승진 문제 심지어 연애 트러블까지도 카운슬링해주는 자상한 여자들의 힘을 빌리자. 잘 고른 여자 선배 하나 열 남자 선배 안 부럽다니까.

✤ 따르고 이끌라

이렇게 특화된 네트워크를 만들어 두면 소속감이 생겨 사회생활하기가 편해진다. 아무래도 내 머리 하나보다는 여럿이 정보를 나누고 힘을 합치는 게 여러모로 유리할 수밖에. 문제는 그 모임에 어떤 자세로 임하느냐는 것이다. 단물만 쏙 빼먹고 필요하거나 아쉬울 때만 얼굴을 내민다거나 잘되는 사람을 끌어내리려는 심보로는 곤란하다.

모임이 업그레이드되기 위해서는 선배를 잘 따르고 후배를 챙겨주고 이끄는 배려가 필요하다. 네가 잘돼야 나도 잘된다는 이치를 하루빨리 터득하도록.

여자들은 대화를 통해 정보를 나누고 교제하는 것을 천성적으로 좋아한다. 따라서 여자만의 네트워크를 강화시키려면 업무적인 이야기와 더

불어 개인적인 친밀도를 높이자. 속마음을 먼저 터놓고 도움을 청한다거나 생일이나 특별한 날을 잘 챙겨 자상한 면을 보여주는 센스가 필요할 것이다.

이제 여자 셋이 모이면 접시가 깨지는 게 아니라 접시를 내다 팔고 또 새로운 그릇까지도 개발해낼 수 있다는 걸 보여주자.

인맥을 위한 작은 투자

인맥이란 어느 날 갑자기 뚝딱 만들 수 있는 게 아니다. 시간과 공을 들이다 보면 어느 순간 쌓이고 쌓여 내 재산이 되는 것. 성공적인 사회생활을 위해 인맥이 얼마나 중요한지 체감하고 있다면 생활 속에서 이 정도의 투자는 과감하게 해도 좋다.

⚜ 작지만 마음이 담긴 선물

크든 작든 선물이란 마음을 표현하는 것으로 누구나 받으면 기분좋고 행복하게 만들어준다. 인맥관리 차원에서 선물이라는 도구를 적절히 활용하게 되면 생각보다 큰 효과를 얻을 수도 있다는 사실. 문제는 상대방의 분위기와 성격에 맞는 적절한 선물을 고르는 것인데, 평소 그 사람에 대한 관심이 어느 정도였느냐에 따라 판가름이 날 것이다. 술을 즐겨 마시는 스타일이라면 와인이, 글 쓰는 직업을 가진 사람이라면 만년필이, 패션 감각이 뛰어난 사람이라면 넥타이나 스카프 또는 향수가 좋은 선물이 된다.

또한 선물을 할 때는 적절한 명분을 세워주는 게 좋다. 예를 들어 출장 다녀오는 길에 생각나서 사왔다든가, 자신의 것을 사면서 하나 더 준비했다고 하면 상대방이 큰 부담 없이 받을 수 있다.

❧ 정보에 민감하라

이런저런 사람을 만나다 보면 이야깃거리도 다양해지는 법. 정보에 둔감하고 느리다면 도무지 대화에 끼어들 수가 없게 된다. 업계의 소식을 꿰고 있음은 물론 거래처 회사의 동향, 상대방의 취미 활동에 관련된 정보(스포츠, 영화, 음악 이야기 등등), 심지어 연예계 소식까지도 줄줄이 파악하고 있으면 득이 된다. 그러기 위해서는 평소 다양한 미디어를 접하면서 여러 분야를 관심있게 살펴 놓아야 할 것이다. 척척박사까지는 아니더라도 대충 세상 돌아가는 흐름은 알고 있어야 누구를 만나든 대화를 이끌어갈 수 있을 테니까.

만약 모르는 주제가 나오거나 영 분위기 파악이 안되거든 차라리 가만히 있거나 자신이 잘 아는 주제로 슬쩍 분위기를 전환시키는 것도 좋은 센스다. '그게 뭐예요?' 라고 순진무구한 표정으로 묻는 어리석은 행동은 절대 삼가라.

❧ 특별한 안부 인사

솔직히 이 정도 관리는 누구나 한다. 좋은 글을 보낸다거나 주기적으로 문자 메시지로 안부를 남기는 것 말이다. 하지만 누가 봐도 특정한 사람에게 보낸 게 아니라 여러 사람에게 한꺼번에 보낸 듯한 흔적이 묻어나는 메일이나 메시지는 보내지 않은 것만 못하니 각별히 주의할 것.

사람은 누구나 '개별적이고 특별한 관리'를 받고자 하는 욕망이 있다. 짧은 문구라도 내게 해당되는 안부를 물어주거나 도움되는 정보를 준다면 감동을 받게 되지만, 뻔한 이야기, 즉 '건강하세요', '사업이 잘되길 빕니다', '언제 한번 봅시다' 등등 평범하고 특징 없는 메일은 아무런 감흥도 주지 못한다는 것이다. 반면 '저번에 뵈니 안색이 안 좋던데 건강 신경쓰세요' 라든가, '요즘 진달래가 한창입니다. 꽃 좋아하시는 김 대리님 생각이 문득 나서요' 라는 식으로 구체적인 사연을 보낸다면 효과는 두 배가 된다.

소개해주고 싶은 사람

인맥이 두텁고 평소 '왕발'로 통하는 사람을 보면, 자기가 나서서 인맥을 개척한 경우도 있지만 대개는 주변에서 누구를 소개하고, 또 그 사람이 가지를 치는 상황이 자연스럽게 만들어진다는 걸 알 수 있다. 전혀 모르는 사람과 만나는 데 소개만큼 좋은 홍보 방법도 없을 것이다. 그러기 위해서는 '나를 소개해주고 싶어 안달나게' 만들어야 한다.

✤ 능력만큼 성격

솔직히 요즘에는 능력이 뛰어난 사람을 찾으려면 얼마든지 수두룩하다. 결국 사람에게 소개하고 소개받기 위해서는 능력을 기반으로 한 성격, 인간성, 그 사람의 됨됨이에서 모두 판가름이 나게 된다.

심지어 내가 가진 능력이 조금 모자라는데도 분에 넘치는 역할이 주어지기도 하고, 더 좋은 회사에 소개되어 취직하는 경우도 많다. 겉으로 보이는 능력을 넘어서서 그 사람의 가능성과 일하는 자세, 평소의 자질을 보기 때문이다. 그러니 인맥 부자가 되는 키포인트는 누가 뭐래도 성격이라고 할 수 있다.

✤ 내 이름 앞의 타이틀

하지만 성격이 모나지 않고 원만하다고 해서 독특한 개성 하나 없이 무난한 사람으로 보이라는 뜻은 절대 아니다. 너무 튀어서 돌발녀로 통하는 것도 문제겠지만, 아무런 매력이나 흡입력이 없는 사람도 누군가에게 강렬한 인상을 남기기는 힘들다.

자, 나만의 독특한 분위기를 만들어보자. 똘똘하고 귀여운 여자, 유쾌하고 서글서글한 성격의 소유자, 친절하고 적극적인 사람 등등 내 이름 석 자 앞에 어떤 타이틀을 붙일 수 있는지 곰곰이 생각해볼 것. 그저 'OO회사 마케팅팀 미스 김'으로 남는 것과 '말도 재미있게 하고 패션 감각도 뛰어난 팔방미인 미스 김'으로 불리는 것과는 엄청난 차이가 있다.

✤ 나를 소문내라

또 하나, 소개해주고 싶은 사람이 되려면 자신의 능력이나 재주, 개성 등을 끊임없이 알리는 부지런함이 있어야 한다. 최근 대유행 중인 미니 홈피 꾸미기나 블로그를 보라. 다들 자기 자랑, 자기 소개하기에 바쁘지 않은가. 내가 어떤 일을 하고, 어떤 사람들과 만나고 있으며, 어떤 생활을 하고 있는지 열심히 외치고 있다. 대놓고 말하기 민망하면 이런 미디어를 활용해서라도 '나'를 알리도록.

회사를 옮겼거나 심지어 부서 이동 같은 시시콜콜한 변화도 여기저기 소문내는 게 좋다. 이렇게 부지런히 나의 현주소를 알려야만 나를 소개할 곳도 생기게 될 테니까. 비밀이 많은 여자? 연애할 땐 신비감이 있어 통할지 몰라도 일하는 데는 인맥을 가로막는 지름길이나 마찬가지란 걸 명심하라.

다른 사람에게 소개해주고 싶은 사람이 되는 게 생각보다 쉬운 일은 아니다. 내가 조르거나 부탁하지 않아도 알아서들 척척 내 인맥을 넓혀 준다는데, 이보다 더 고마운 일도 없을 것이다. 해준다고 할 때 열심히 소개받고 적극적으로 반경을 넓혀 나가자.

한순간에 끊기는 인맥

사람의 인연이란 맺기는 힘들어도 끊기는 건 그야말로 한순간이다. 아예 처음부터 몰랐으면 모를까 잘 지내다가 서먹서먹 안 보는 사이가 된다는 것은 참 서글픈 일 중 하나일 것이다. 친구 사이라면 날 잡아서 티격태격하다가 금세 풀어질 수도 있겠지만, 사회에서 만난 사람들과는 꼬인 관계를 푸는 게 그리 쉽지 않다.

✤ 쌓인다 쌓여 !

하루아침에 휙 돌아서는 사람은 없다. 누구나 처음에는 그러려니 하고, 이유가 있겠지 하면서 좋은 쪽으로 이해하려 노력한다. 문제는 똑같은 실수, 비슷한 상황이 반복되다 보면 사람에 대한 신뢰가 사라진다는 점이다.

약속 시간에 으레 늦는 것, 기한에 맞추기로 하고선 점점 늦어지는 것들, 알아봐준다고 한 부탁들을 잊어버린 것 등 조금씩 섭섭한 마음이 들다가 이게 쌓이면 회복할 수 없는 벽이 생기고 만다. 나에겐 사소한 것들이지만 상대방은 중요하게 생각할 수도 있으니 항상 상대방의 입장에 서서 배려하는 마음을 갖자.

초반에 호들갑스러운 사람

사람과 쉽게 친해지는 성격의 소유자들 가운데 간혹 이런 호들갑스러운 스타일이 있다. 한 십여 년은 알고 지낸 사람처럼 덥석 다가와 말도 놓고, 온갖 친한 척은 다하면서 정작 만남의 깊이가 없는 사람들 말이다. 사람 기분 잔뜩 띄워 놓으며 꼭 연락하자고 해놓고선 돌아서서 전화 한 통 없다거나, 시간이 지나서 만났을 때 예전과 다른 태도를 보이는 경우다. 또 변덕이 심해서 이 사람 저 사람 번갈아가며 챙겨주기 때문에 도무지 믿을 수가 없다.

기대가 크면 실망도 큰 법. 책임질 수 없는 약속은 하지 말고, 괜히 큰소리 뻥뻥 치지 말자. 실없는 사람으로 보이기 시작하면 무시당하기 딱 좋으니까.

매사 흐릿한 사람

사람은 좋은데 똑 부러지지 못한 행동을 한다거나 불분명한 입장을 보이는 등 매사 흐릿하다면 누구도 신뢰할 수 없을 것이다. 오히려 대쪽 같은 성격, 개성이 넘치는 스타일이라도 확실하고 뒤끝 없는 태도를 보이는 게 인간관계에서는 차라리 낫다.

이랬다저랬다 자꾸 번복하고 결정을 못하는 버릇이 있다면 지금 당장 고치자. 특히 일하는 데는 이런 우유부단한 행동이 여러 사람을 피곤하게 할 뿐만 아니라 다시는 만나고 싶지 않은, 함께 일하고 싶지 않은 사람으로 영원히 찍히고 만다.

　　모나지 않은 원만한 성격에 평소 예의도 바르고 두루두루 사람들과 친하게 지내는 싹싹한 스타일이라 할지라도 앞에서 언급한 몇 가지 버릇을 고치지 못한다면 인맥을 유지하기가 힘들 게 확실하다. 새로 인맥을 트지는 못할망정 그나마 있던 사람들마저 떨어져 나가게 해서야 되겠는가.

알게 모르게 멀어진다

꽤 친한 거래처 사람이었는데 혹은 한때 친구보다 더한 우정을 과시하던 사람이었는데 언제부턴가 내 주변에서 점점 멀어진 사람들이 있지 않은지 확인해보라. 특별한 이유도, 계기도 없이 이젠 연락하기조차 쑥스러워진 관계나 사람들이 있다면 그 책임은 모두 그대에게 있다는 걸 명심하라. 그동안 알게 모르게 사람들을 멀어지게 만들었던 요주의 행동 몇 가지를 점검해보자.

❖ 연락하기 정말 힘들다

전화든 메일이든 어쨌든 연락이 잘 안되는 사람은 여러모로 좋은 인상을 남길 수가 없다. 번번이 전화 통화가 안되거나 메일의 수신 여부조차 알 수 없을 때, 그 사람이 유용한 인물이든 아니든, 그게 본의든 실수든 사람들은 마음의 문을 닫게 된다. 신뢰는커녕 기본적인 매너조차 없는 사람으로 낙인찍히기에 딱 좋다 이 말씀. '자기가 아쉬우면 또 연락하겠지', '급한 일은 아닐 거야', '천천히 연락해보지, 뭐' 등등 안일하고 소극적인 태도로 사회생활을 하는 겁 없는 직딩들이 많기에 하는 소리다. 연락하기 힘들고 만나기 어려운 사람들은 몸값이 올라가는 게 아니라 아예 관심의 대상에서 제외되는 수가 있으니 조심하라.

✤ 말만 번지르르하다

'언제 연락 한번 하세요', '다음에 밥 한번 먹지요', '그건 제가 알아 봐드리죠' 등등. 어디서 많이 듣던 말이 아닌지? 혹은 본인이 이런 거짓말(?)을 자주 하고 살지는 않는지?

말 한마디에 천 냥 빚을 갚는 것도 사실이지만, 번지르르하게 말만 앞세워 사람 실망시키는 경우도 정말 많다. 이런 빈말이 솔직히 듣기도 좋고 말이라도 고맙다고 생각하긴 하지만, 지켜지지 않는 약속, 허공에 뜨는 이런 말들은 인간관계를 단단하게 다져주지 못하니 영양가가 없는 셈이다.

한번 뱉은 말은 꼭 지키려 노력하고, 해주겠다고 했으면 어떻게든 도와주고 해결해주도록. 별것 아닌 듯해도 이런 작은 실천이 모여 사람에 대한 신뢰감이 형성된다. 그대가 장담한 말 한마디에 매달리는 사람들이 있을지 모르잖는가.

✤ 한두 번이 두세 번 되고…

약속 같은 것을 습관적으로 미루고 번복하는 사람들이 의외로 많다. 철석같이 약속을 해놓고 약속 당일에 문자로 취소하거나 급하게 다음으로 미루는 사람들. 물론 공사다망하다 보면 그럴 수도 있겠지만, 그 한두 번이 서너 번 되다 보면 그대는 '양치기 소년' 처럼 사람들의 뇌리 속에서 신뢰할 수 없는 사람으로 남을 수밖에 없다.

한 번 약속 지키는 게 소중한 법이고, 웬만하면 미루거나 늦지 않는 게 인간관계의 기본 매너일 것이다. '그럴 수도 있지' 라고 말하지 않도록 늘 자기 자신에게 엄격해지자.

일단 어색하게 멀어지면 다시 친해지는 데 몇 배의 노력과 시간이 필요하다. 내 곁에 있을 때 더 잘하고 소원해지지 않도록 촉각을 곤두세우는 긴장감을 유지하라.

원수를 사랑하라?

사회생활을 하다 보면 하루에도 몇 번씩 짜증나게 만드는 상황이 벌어지곤 한다. 일이야 뭐 그렇다 쳐도 맘에 안 드는 사람과 얼굴 맞대고 일해야 하는 것은 그야말로 생고문. 일 일이 다 반응하고 흥분하는 것은 본인도 피곤할뿐더러 인맥관리 차원에서도 치명적이다. 되도록 적을 만들지 않는 것은 새로운 인맥을 트는 것만큼이나 중요한 일이다.

❧ 부르르 폭발 금지

나에게 피해를 주는 직장 동료, 도무지 맘에 안 드는 거래처 사람, 이랬다저랬다 변덕스러운 상사 등 살다 보면 정말 안 보고 살았으면 하는 사람들이 있기 마련이다. 학교 때야 실컷 욕해주고 안 보고 살면 그만이겠지만, 사회에서 그렇게 성질대로 했다가는 남아날 직장도 없고 주변에 붙어 있을 사람도 없다.

몹시 화가 나거나 억울하더라도 그 자리에서 감정을 폭발시키지는 말 것. 여러 사람에게 '나 성격 더럽다!' 고 소문내고 싶지 않다면 말이다. 절대 공식적인 자리에서 비이성적인 모습을 보여서는 안된다. 아무도 '화낼 만했네' 라고 이해해주지 않을 테고, 그대의 이미지는 한순간에 추락하고 만다.

✤ 괜히 동조하지 마세요

가끔 사람들은 공공의 적을 함께 흉보면서 친해질 때가 있다. 특히 수다떨기를 좋아하는 여자들은 자신과 친한 동료가 어떤 사람을 싫어하거나 불만을 나타낼 때 잘 알지도 못하면서 괜히 동조하는 경향이 있다. '어머 그래? 웬일이니…', '어쩐지 좀 그런 것 같더라고요', '나도 괜히 주는 것 없이 밉더라니까' 등등 적을 만들지 못해 안달이 난 사람처럼 말이다.

다른 사람에 대한 비방에는 절대 맞장구치는 게 아니다. 그냥 묵묵히 이야기를 들어준다거나 '아 그래요?' 정도의 박자만 맞춰줘도 충분하다. 괜히 자기가 더 흥분해서 길길이 날뛰고 둘이 협공으로 그 사람을 구박하지 마시라.

✤ 머리 위에 서지 마세요

반대로 내가 누군가에게 미움의 대상이 되는 것도 조심해야 할 일이다. 튀기 위해 너무 나대는 사람, 저 혼자 잘났다고 떠드는 사람, 남에게 피해를 주는 사람, 감정의 기복이 심해 피곤하게 만드는 사람이 되어서는 안되겠다. 주변 사람의 지지 없이 직장에서 오래 버티는 것은 기적과도 같다. 승진은 물론이고 업무의 효율성을 높이기 위해서도 동료들과의 원만한 관계는 기본.

두루두루 내 편으로 만들지는 못한다 해도, 적어도 안티(anti)를 만들지는 말아야 할 것이다. 사람들의 머리 위에 서서 억지로 이끌려 하지 말고, 그 사람의 옆에 서는 친구가 되면 저절로 내 편으로 끌어올 수 있지 않겠는가.

자, 지금 자기 주변에 적이 많은지 친구가 많은지 곰곰이 따져보시라. 괜히 어떤 자리에 가면 누구 때문에 불편하지는 않은지, 여러 사람이 모여 있으면 '혹시 내 얘기 하는 거 아닐까' 하며 은근히 뒤통수가 간지럽지는 않은지 등등.
자신 없다고? 그럼 인간관계 다시 한번 짚어봐야 한다.

덥석 약속부터 하지 말자

사람 사이에 약속이 얼마나 중요한지 모르는 사람은 없을 것이다. 한번 뱉은 말과 약속은 죽기살기로 지키도록 노력하고 또 노력하자. 자신이 없다면 아예 처음부터 큰소리나 치지 말라. 사회생활에서 신용 없는 사람은 돈 없고 능력 없는 사람보다 더 못한 취급을 받는다는 사실을 명심할 것. 본인의 성격상 허풍이 좀 있고 오버하는 경향이 있다면 더더욱 주의하시라.

❀ 늦지 말고 미루지 말라

두말하면 잔소리지만 그래도 또 해야겠다. 왜냐하면 대부분의 사람들이 20~30분 늦은 것에 대해서는 호들갑을 떨며 미안해하면서도 5분, 10분 늦은 것에 대해서는 일언반구도 없이 슬며시 넘어가기 때문이다. 1시간이건 1분이건 지각인 것은 마찬가지다. 미리 와서 기다리지는 못할망정 회의나 미팅에 늦는다는 것은 일단 밀리고 시작하는 싸움이나 같다.

약속 펑크에 지각, 번번이 변명을 늘어놓는 것은 모두 게으름과 나쁜 버릇에 지나지 않는다. 마음만 먹으면 얼마든지 고쳐질 수 있는 문제라는 것. 누구를 만나든 어떤 일을 하든 시간 엄수를 목숨처럼 소중하게 생각하라.

❀ 성급하게 나서지 말라

뭐든 너무 쉽게 '예스'라고 말하는 사람, 두 번 생각도 없이 '오케이'라고 하는 사람을 경계하라. 언뜻 보기엔 시원시원한 만능 해결사처럼 보이겠지만, 너무 쉽게 약속하는 사람치고 뭐 하나 제대로 뒤를 봐주는 사람 찾기 힘들기에 하는 소리다. 말로는 다 알아봐준다, 염려 마라, 다 소개해주겠다고 해놓고는 돌아서면 깜깜 무소식에 이리저리 피해 나갈 궁리만 하는 사람들이 대부분이다.

누군가가 내게 부탁을 할 때 도와주고자 하는 의욕이 앞서는 것까지는 좋지만, 그것도 책임질 수 있는 선까지만이다. 나는 가볍게 '그래, 얼마든지!'라고 할지 모르지만, 상대방은 그 한마디에 매달려 오만 기대를 하고 있다는 사실을 늘 염두에 두시라.

기대가 크면? 실망은 훨씬 더 크다!

❀ 별것 아닌 것도 지켜라

대수롭지 않게 내뱉은 말들, 이를테면 '밥이나 한번 먹죠', '언제 제가 갖다드릴게요', '얼마든지 드릴게요' 등등 하루에도 몇 번씩 지키지도 않을 약속을 하고 사는가. 만날 생각이라면 구체적으로 지금 약속을 잡고, 갖다줄 물건이 있다면 당장 전해주라. 대수롭지 않은 것이라고 미루지 말라. 그냥 툭 내뱉지 말라는 것이다.

　　사소한 약속도 못(안) 지키는 사람은 절대 탄탄한 인맥을 만들 수 없고, 가지를 뻗어 인맥의 울타리를 넓힐 수도 없다. 하지만 반대로 작은 일도 철저히 해내는 사람을 보면 누구나 신뢰하게 되고, 결국 크게 노력하지 않아도 주변에 사람이 몰리게 되는 것이다. 인맥을 탄탄하게 하려면 결국 '신뢰' 밖에 없다.

그룹 만들기

있으면 참여는 잘하면서도 선뜻 내가 나서게 안되는 일 중 하나가 바로 '그루핑(grouping)'이다. 모임을 만들면 아무래도 더 끈끈한 결속력이 생기기 마련이고, 인맥 관리를 하는 데도 매우 유용하다는 걸 잘 알면서도 말이다. 원하는 모임이 있다면 누군가가 만들어주길 기다리지 말 것. 내가 만들고 관리하면 그게 다 내 재산이 된다.

❧ 거창할 것 없다

사내에서도 좋고 거래처 혹은 비슷한 성향을 가진 사람들 두세 명이 시작해도 좋다. 요즘은 사이버 커뮤니티가 활발하기 때문에 그곳을 통해 새로 알게 된 사람들을 묶어보면 하나의 모임이 된다. 명목도 거창할 필요 없다. 미식가클럽, 인라인마니아, 시네러브 등 취미나 성향에 맞춰 하나의 목적으로 모임을 결성하는 것이다. 업무상 도움을 받고 긴밀한 관계를 유지하고 싶다면 웹기획자들의 모임, 프로그래머월드, 마케팅 실무자들의 모임 등 일을 핑계삼아 친목도 다지고 정보 교환도 하는 장을 마련하면 된다.

이때 중요한 것은 바로 그대가 발벗고 나서서 주도적으로 모임을 이

끌어보라는 것이다. 한 명 두 명 회원이 늘 때마다 그대는 양질의 인맥을 공짜로 얻는 셈이다.

🌸 폭넓게 다 가지라

이런 모임을 운영하거나 참석하다 보면 정말 다양한 사람들을 새로 사귈 수 있다는 장점이 있다. 당연히 직업군도 다양하고 연령대도 제각 각일 것이다. 꼭 내가 도움을 받기 위해 모임에 참석한다고는 할 수 없 겠지만, 이왕이면 친교도 나누면서 자연스럽게 일이나 사업에도 도움을 받는다면 일거양득 아니겠는가. 어쩌면 갑과 을의 관계로 만날 수도 있 고, 때론 좋은 마케팅 파트너가 될 수도 있다.

물론 아무리 기회가 오고 황금 같은 만남이 눈앞에 펼쳐져도 이걸 자 기 것으로 만들지 못하면 무용지물이다. 촉각을 곤두세우고 사람들에게 관심을 갖자. 누구와 누구를 연결하면 좋겠다든지, 또 나는 어떤 사람과 친해지면 유익할 것이라든지 등등. 멍하니 앉아 수다만 떠는 모임은 아 무런 의미가 없다. 놀면서도 실속을 챙기자.

🌸 모임을 잘 관리하는 방법

모임을 만들고 나면 지속적으로 유지하는 게 더 중요한데, 사실 특별 한 비법은 없다. 일단 모임의 색깔을 확실하게 하자. 처음 모임을 결성 했던 의도와 달리 그저 만나서 밥먹고 수다나 떨다가 흐지부지 헤어지 게 되면 당연히 결속력도 떨어진다. 이때 주기적으로 미션을 부여하는 것도 방법이다. 등산모임, 맛집탐험, 영화관람 등 주제가 명확한 모임이 아니라면 그때그때 이슈가 되는 사회문제에 대해 토론을 한다거나, 각자 새로운 뉴스를 한 가지씩 가지고 와서 서로 공유하는 것도 좋다. 모일 때마다 각자의 추천 도서를 소개하는 것도 좋은 거리.

세상에 공짜는 없다고 누누이 말했다. 특히 사람을 관리하는 데는 엄청난 시간과 물질, 마음과 정성까지 쏟아부어야 한다는 사실을 기억하라.

사소한 부탁은 본전도 못 건진다

평소 인맥관리를 잘하고 사람들 사이에서 이미지 메이킹을 잘하다가도 엉뚱한 말이나 행동 하나에 도로아미타불이 되는 경우가 있다. 그 가운데 가장 쉽게 저지르는 실수가 바로 '자질구레한 부탁'을 하는 것이다. 물론 인맥을 잘 관리해 두면 내가 힘들 때, 필요할 때 적절한 도우미가 되어주는것이 사실이지만, 별것도 아닌 사소한 일로 주변 사람을 피곤하게 하는 것은 정말 어리석은 행동이다.

❀ 아니, 맡겨 놨나?

걸핏하면 전화 띠리링~. 별것도 아닌데 이것저것 물어보는 친구. 솔직히 그 정도는 인터넷 검색만 해도 알아낼 수 있는 정보인데 늘 전화로 때우려고 한단 말이지. 아니, 뭐 맡겨 놨나? 말로는 '네가 이런 거 잘 알 거 같아서…' 라고 하지만, 실상은 주변 사람을 이용해 편하게 정보를 얻으려는 속셈 아니겠는가.

이렇게 자질구레한 부탁으로 인맥을 남용하다간 정말 필요한 순간에 별 도움을 못 받을 수도 있다는 것을 기억하라. 사람들은 그런 잦은 '콜'이 귀찮은 나머지 그대를 점점 멀리하게 될 테니 각별히 유의할 것. 이상하게 지인들과 전화 통화가 잘 안된다면 전화기를 탓하지 말고 자신의 성격을 다시 한번 점검해보자. 그동안 너무 뻔뻔하게 살아온 게 아닌지 말이다.

✤ 상대를 잘 골라야

누군가를 도와준다는 것은 받는 쪽도 행운이지만 도움을 주는 쪽도 기쁘고 보람된 일이다. 또 인간은 누구나 완벽할 수 없기 때문에 어차피 크고 작은 도움을 주고받으며 살아가기 마련. 하지만 누군가에게 부탁을 할 때는 첫째, 적당한 사람을 잘 골라야 하며, 둘째, 부탁의 내용과 양도 적당해야 한다는 걸 명심하라. 예를 들어 10개를 해결해줄 수 있는 사람에게 겨우 난이도 1, 2개 수준의 문제를 해결해달라고 해서도 안되며, 아직 감당할 그릇도 안되는 사람에게 8, 9개 정도의 부담을 주는 것도 예의가 아니라는 것이다.

내가 가진 인맥 네트워크를 가동시킬 때는 적당한 사람을 골라 그에 알맞은 수준의 부탁을 하는 센스를 발휘하자. 구슬이 서 말이라도 꿰어야 보배이듯, 자신의 인적 자산을 잘 분석해 요리조리 활용하는 것은 전적으로 그대의 몫이다.

✤ 상대를 곤란하게 하는 부탁

또한 아무리 가깝고 허물없는 사이라 할지라도 상대를 곤란하게 하거나 당황시키는 엉뚱한 부탁은 절대 금물이다. '어렵겠지만 어떻게 손 좀 써줘' 라든가 '너 그 사람 잘 안다며? 이야기 좀 잘해줘', '비밀로 할 테니 나한테만 살짝 정보 좀 주세요' 등등 말하기도 곤란하고 안하자니 미안한 그런 부탁들은 하나마나, 본전도 못 건지는 영양가 제로의 이야기다. 먼저 부탁을 들어주는 입장에 서서 그 사람이 해줄 수 있는 범위 안에서 기분좋게 들어줄 만큼의 양과 내용이어야 한다는 것을 명심, 또 명심하라. 순리와 자연을 역행하는 모든 것들은 부작용을 낳기 마련이니 말이다.

백은 멀리 있지 않다

날 때부터 좋은 배경에 확실한 백그라운드를 갖고 태어나는 사람이 어디 그리 흔하겠는가. 우리같이 평범한 직장인들은 생활 속에서 만나는 사람들을 모두 나의 후원자로 만드는 수밖에 없다. 출세와 성공을 위해 물불 안 가리고 덤비면 먹히던 1980년대도 이미 지났다. 인맥을 유지하는 기본은 '진실한 마음'이란 걸 잊지 말고, 소중한 주변 사람들을 점검해보자.

❀ 내 동료가 최고

내가 몸담고 있는 회사, 이곳에서 일하는 동료와 상사, 선배들을 무시하지 말라. 괜히 남의 회사 사람들이 더 멋있고 똑똑해 보이는가? 같이 일하기 때문에 잘 모를 뿐이지, 다들 좀 한다 하는 재원들이고 알고 보면 누구나 독특한 그만의 재능이 있는 법이다. 그대가 혹시 실직하게 되면 가장 빨리 정보를 주고 실질적인 도움을 줄 사람도 직장 동료란 걸 기억하자.

특히 요즘은 사원들 간의 유대 관계가 성공적인 직장생활을 좌우한다 해도 과언이 아닐 만큼 동료 간의 신뢰와 커뮤니케이션이 중요한 시대다. 실례로 같이 일하던 선배가 더 좋은 곳에 스카우트되면서 후배 사원

을 같이 데려가는 경우도 많다. '친구 따라 강남 간다'는 말이 빈번하게
이뤄지는 게 요즘인 것이다.

❀ 친구라고 만만하게 보지 말라

솔직히 직장생활 한답시고 친구들에게 섭섭하게 한 경험들이 많을 것
이다. 편하다고 만만하게 봤다간 큰코다칠 수 있으니 조심하자. 거래처
관리, 인맥관리를 한다고 밖으로만 돌고 사회생활만 중시하지 말란 소
리다. 어느새 한 분야의 전문가가 된 내 친구, 그 친구가 아는 또다른 전
문가들…. 이렇게저렇게 다리를 건너다 보면 그대가 찾던 꼭 필요한 사
람, 유용한 인맥을 어렵지 않게 만날 수도 있기 때문이다.

게다가 친구의 소개로 만난 경우에는 접근하기도 훨씬 쉽고, 오랫동
안 관계를 지속할 수 있다는 장점도 있다. 친구와 인맥을 분리해서 생각
지 마시라.

❀ 만들어가는 것

누누이 말하지만 영양가 만점의 인맥은 저절로 생기는 게 아니다. 바
로 사람들과의 관계 속에서 스스로 다져가고 만들어가는 것. 그대가 부
딪치는 생활 속에서 알게 된 그 누구라도 좋다. 명함의 직책만 보고, 왠
지 화려한 겉모습만 보고 사람을 이렇게저렇게 나누지만 않는다면 그들
이 얼마든지 나의 백이 될 수 있다는 점을 기억하자.

여기서 핵심은 바로 흙 속의 진주를 발견해내는 '안목'을 길러야 한

다는 점인데, 눈앞에 좋은 정보원을 두고도 늘 밖에서만 찾으려고 애쓰
는 헛수고를 면하려면 주변 사람들에게 먼저 관심을 기울이도록.

　괜히 남의 떡이 더 커 보이고 남의 인맥이 더 빵빵해 보이는 법. 내 주
변 사람들이 초라해 보이고 변변찮아 보이는 이유는 그들이 문제가 아
니라 스스로에게 자신감이 없어서이다.

첫인상도 중요하지만

보통 면접에서 6~7초면 그 사람의 첫인상이 결정난다고 한다. 물론 짧은 시간에 모든 것을 보여야 하는 면접에서야 첫인상보다 중요한 게 어디 있겠는가마는, 인맥을 관리하는 데는 첫인상만큼이나 중요한 게 '후(後)인상'이라는 걸 강조하고 싶다. 처음 반짝 잘보이고 좋은 이미지를 남기는 사람보다 두고두고 볼수록 괜찮은 사람으로 남는 게 더 의미가 있다는 뜻이다. 누군가에게 '이 사람, 정말 진국이야!'라는 소리를 듣는 게 말처럼 쉽지 않다는 사실.

❖ 첫인상이 관건이긴 하지만

사람은 누구나 첫인상을 가장 중시한다. 처음에 어떻게 보이느냐에 따라 앞으로 관계를 이어갈지 말지를 결정하기 때문일 것이다. 처음에 잘보이기 위해서는 밝은 미소, 당당한 말투, 튀지 않으면서도 독특한 개성… 뭐, 이 정도만 갖추고 있다면 별문제 없을 것이다. 문제는 이런 좋은 이미지를 계속 유지할 수 있느냐 하는 것. 대부분의 사람들이 남에게 잘보이기 위해 많은 투자와 노력을 하는 데 비해 인맥으로 결실을 맺는 확률이 그리 높지 않기에 하는 소리다.

게다가 처음에 기대가 크면 실망도 크다고, 이런 사람에게 한번 실망하게 되면 관계는 회복할 수 없을 만큼 망가지고 만다. 첫인상에 쏟는 정성을 골고루 나눠서 일관된 이미지를 밀고 나가는 게 더 중요하다는 걸 잊지 말자.

✤ 너무 솔직한 게 탈

사람은 간사한지라 조금 편해지고 나면 금방 본색을 드러내게 돼 있다. 물론 가식적인 얼굴로 사람을 대할 순 없는 노릇이지만, 솔직함이 최선의 방법이 아니라는 것을 명심하기 바란다. ‘전 원래 솔직해요’, ‘내 감정을 숨기고 싶지 않아’, ‘난 화를 내지만 뒤끝은 없어’ 등의 말로 어떻게 변명이 될 것이라 위로하지 말 것. 인간관계의 기본은 정직하고 진실된 마음이지 자기 멋대로 ‘성질’을 부리라는 뜻은 아니니까.

처음에 그렇게 나이스하고 쿨해 보이던 사람이 시간이 지날수록 슬슬 짜증 섞인 말에 매너 없는 태도, 툭하면 약속 시간을 어기는 등 망가진 모습을 보이는 이유는 바로 긴장감을 상실했기 때문이다. 사회생활에서 긴장감이 풀어지는 순간 그대는 아마추어로 전락하고 만다.

✤ 오래오래 남으려면

오래오래 좋은 인맥을 유지하고 관리하는 방법은 단 하나. 부지런해져야 한다. 사랑하는 연인들도 나태해지고 게을러지기 시작하면서부터 싸움과 권태가 시작되는데, 하물며 인간관계에서 부지런하지 못하면 관계는 썩기 시작한다.

부재중 전화 그냥 무시하기, 약속 시간과 장소 번복하기, 필요할 때만

연락하고 이용해 먹기 등 만남을 귀찮아하고 대수롭지 않게 여기는 그
순간부터 그대의 인맥은 뿌리째 흔들리게 되어 있다. 처음의 그 열정,
새로운 만남에 대한 호기심과 기대, 사람이 재산이라고 굳게 믿었던 순
수한 마음이 점점 약해지고 있다면 인맥 전선에 적신호가 켜진 것이라
고 봐도 거의 틀림없다.

순발력에 지구력까지 겸비하는 센스

순발력과 지구력. 인맥에 관한 한 이 두 단어만 기억해도 사회생활에 큰 도움이 될 것이다. 어떤 모임에서 사람을 소개받거나 알게 되었을 때 순간적인 재치와 기지를 발휘해 단번에 눈에 띌 수 있을 만한 순발력과, 일단 그렇게 맺은 인연을 꾸준히 밀고 지켜 나가는 지구력까지 겸비해야 '사람 좀 다룰 줄 안다' 는 소리 들을 것이다.

❖ 영양가가 없네

상냥하고 밝은 성격의 소유자들은 대개 처음 본 사람과도 쉽게 친해진다. 금세 언니, 오빠 하며 몇 년 동안 알고 지낸 사람처럼 호들갑을 떨지만, 그녀들의 문제점은 인간관계의 '깊이' 가 없다는 것. 만나면 즐겁고 다정다감하지만 정작 어려울 때 별로 도움이 안되는 유형들이다.

이들은 '문어발식 인맥관리' 를 주로 하는데, 여기저기 모르는 사람이 없을 정도로 발을 넓혀 놓았지만 제대로 딱 하나 걸리는 게 없다는 특징이 있다. 소리는 요란한데 알맹이가 없다고나 할까? 이런 사람들은 얼마나 많은 사람을 알고 있느냐보다 도대체 몇 명이나 나를 기억하고 내게 도움을 줄 수 있는지를 늘 염두에 둘 것.

❖ 만나야 일이 된다

전화, 메일, 문자…. 물론 안하는 것보다는 낫지만, 얼굴 한 번 보는 것만 같을 수 없다. 왜 그렇게 바쁜 비즈니스맨들이 굳이 조찬 모임이나 술자리를 통해 사람을 만나겠는가. 만나서 눈을 보며 직접 대화를 나누는 것에는 그만큼 시간과 정성을 들일 만한 가치가 있기 때문이다.

한두 번의 형식적인 만남으로는 지속적인 관계를 유지하기가 힘들다. 필요한 사람은 건수를 만들어서 자주 만나라. 단, 명분이 없이는 괜히 시간 낭비라는 느낌을 줄 수 있으니 반드시 유익한 정보거리를 들고 만나는 게 좋다.

또한 사람을 만날 때는 주로 상대방의 이야기를 들어주는 지혜를 갖자. 내 이야기만 신나서 떠드는 사람을 살펴보라. 주변에 친한 사람이 몇 명 없다. 남의 이야기를 잘 들어주는 사람의 곁에는 늘 사람이 모인다는 걸 아시는지? 간혹 꽤 괜찮은 아이디어도 건질 수 있다.

❖ 쉽게 실망하지 말라

사람에게는 누구나 장단점이 있는 법이고, 오래 사귀어야 진면목을 발견하게 되는 사람들도 많다. 한두 번 만나보고 겨우 몇 번 일을 진행해보고 금세 싫증을 내거나 변덕을 부려 사람을 쉽게 정리하는 '깔끔파' 들은 조심하라.

물론 하나를 보면 열을 알 수 있기도 하지만 복잡한 세상 속, 그렇게 다양한 사람들을 그대의 직감만으로 속단한다는 것은 꽤 위험

부담이 큰 일이다. 처음엔 별로였는데 나중에 정말 큰 도움을 주는 사람도 있고, 초반에 강하다가 점점 실망시키는 용두사미 스타일도 있다.

누구나 말한다. 사람이 재산이라고. 사람 하나하나 다 '돈'이라고 생각하면 그렇게 쉽게 사람을 버리지 못할 것이다. 또 내가 누군가를 쉽게 판단하면 나도 똑같이 그런 평가를 받게 된다는 것도 기억해 두자.

정도껏 하라

뭐든 도가 지나쳐 넘치는 것은 모자란 것만 못하다. 사람을 상대할 때는 이 말을 더욱 명심할 것. 특히 인맥을 무슨 '봉' 으로 알고 날뛰는 푼수파들, 경우도 없이 설쳐대는 철부지들에게 정중히 경고한다. 제발 눈치껏 행동하라고!

❧ 너무 눈치코치없어

제 딴에는 친한 척한다고 그러는 거 같은데 정말 너무 눈치 없게 행동하는 사람들, 어디에든 꼭 있다. 시도 때도 없이 전화하지, 바쁜데 만나자고 조르지, 무리한 부탁도 팍팍 하지….

아무리 인간성 좋은 걸로 밀어붙여도 이렇게 둔한 사람들은 주변 사람들을 피곤하고 곤란하게 만든다. 부탁을 해도 꼭 출근하자마자 정신 없을 때 한다든가, 몇 번 전화를 피했으면 알 법도 한데 오히려 왜 이렇게 연락이 안되느냐며 술 마시자고 한다든가, 데이트하는 주말에 일 이야기로 전화하는 일 등은 상대의 입장을 고려하지 않은 무례한 행동들이다.

순진해서 그렇다고? 잔머리를 안 굴려서? 아니다. 이런 사람들은 그저 깊게 생각지 못하고 자기 편한 대로 하는 막가파에 지나지 않는다. 제발 눈치 좀 보고 살자.

❖ 곤란한 부탁은 꺼내지도 말라

친한 사이일수록, 인맥이 넓고 탄탄한 사람일수록 다단계, 보험, 보증 등 곤란한 부탁은 애당초 하는 게 아니다. 내가 받았을 때 흔쾌히 들어줄 수 없는 부탁이라면 아무리 허물없는 사이라도 하지 말라. 정말 좋은 관계, 어렵게 쌓은 신뢰와 우정을 한순간에 무너뜨리는 첩경일 테니.

사람과 사람의 관계는 동등하고 상호 보완적이며 결국엔 서로를 발전시킬 수 있어야 하는데, 이런 말도 안되는 부탁을 하게 되면 한쪽이 일방적으로 불이익을 당하게 된다. 물건을 빌려달라거나(명품 소품이나 옷 등), 사람을 소개해달라거나, 정보를 달라고 하는 것도 모두 해당된다. 누가 들어도 공감할 수 있는 한도 내에서 최대한 예의를 갖춰 부탁하는 게 기본 매너고, 조금이라도 거절 의사를 보일 땐 정중하고 빠르게 물러서는 센스도 키우자.

❖ 잘해주는 것도 어느 정도

남에게 피해를 안 주는 것도 물론 중요하지만, 누군가에게 도움을 주거나 호감을 표현할 때도 '중용의 미'를 지키자. 받는 데 익숙지 않은 사람들도 의외로 많고, 지나친 아부와 친한 척하기, 선물 공세 등도 관계를 동등하게 유지시켜주지 못한다. 인맥을 건강하게 지키기 위해서는 서로 적당한 수위를 유지하면서 어느 한쪽에도 부담을 줘서는 안되기 때문이다.

간혹 사람들에게 무조건 잘해주고, 퍼주고, 희생해야만 인맥이 형성되고 오래 유지될 것이라고 착각하는 사람들이 있는데, 이는 큰 오산이다. 균형 잡히지 않은 관계는 한쪽으로 기울다 결국 삐걱거리게 되고, 머잖아 인맥이 끊기고 만다는 것을 명심하라.

착한 척하는 곰이
약삭빠른 여우보다 낫다

매사 칼같이 똑 부러지게 일하고 말 한마디도 그냥 넘어가는 법이 없는, 누가 봐도 여우 같은 커리어우먼이 되고 싶은가? 저런, 강하면 부러지고 튀면 튕겨져 나가는 시대란 걸 모르고 하는 말씀. 차라리 약간 어리숙하게 보이더라도 원만하고 둥글둥글하게 일하라. 적이 많으면 장애물도 많은 법. 겉으로 웃으면서 속으론 꼼꼼하게 챙기는 현명한 곰이 되어보자.

❀ 눈앞의 이익은 멀리하라

지금 당장 편한 것, 이익이 되는 것을 선택할 때는 혹시 나로 인해 다른 사람이 피해를 보지는 않는지 등을 살필 줄 알아야 한다. 한때 '여자들이여, 앙큼한 여우가 되라'고 부추기며 또순이가 되라고 외치던 시대도 있었지만, 그건 하나는 알고 둘은 모르는 소리다. 정말 현명한 여자는 자기 혼자 잘 먹고 잘살지 않는다. 주변 사람을 챙겨주고 그들의 지지와 힘을 빌려 장기적으로 롱런하는 스타일이다.

퇴근 시간이 되자마자 '먼저 가겠습니다!'를 외치며 당당하게 회사를 나선다든지, 개인적인 이유로 무단결근을 한다든지, 월급 몇 푼 더 준다고 하루아침에 다 엎고 회사를 옮겨 버린다든지 하는 식의 얄팍한 행동은 곤란하다.

⚜ 줄을 잘 서는 것은 좋지만

나를 끌어주는 좋은 줄(인맥)을 찾도록 노력하고 상호 협력적인 관계를 만들어가는 것은 현명하지만, 시시각각 줄을 갈아타거나 이랬다저랬다 변덕을 부리다 보면 결국 자기 꾀에 자기가 빠지는 꼴이 되기 쉽다. 존경할 만한 멘토를 찾아 유대 관계를 쌓고 도움을 받되, '나 어디에 줄 섰네' 라고 티 내지 않게 유의할 것.

예를 들어 얼굴에 표나게 어느 선배 하나를 딱 찍어서 유난히 따른다든가, 제 맘에 드는 선배나 상사를 무슨 종교처럼 우상시하다 보면 다른 동료나 상사에게 미움을 받는 것은 시간문제다. 사람 일 어떻게 될지 아무도 모르는 거 아니겠는가.

⚜ 속내를 들키지 말라

'솔직해서 좋다' 는 것은 더 이상 미담이 아니다. 거짓말을 할 것까진 없지만 적어도 속내를 들키지 않게 조심하라. 물론 '저 사람 속은 알 수 없어' 라는 소리를 듣는 것도 문제지만, 도대체 마음을 감추지 못하고 일희일비(一喜一悲)하면서 잔머리 굴리는 소리까지 낼 필요는 없다 이 말씀.

똑똑하지만 얄미운 그런 얼굴 대신 두루뭉술하게 곰처럼 부드럽고 사랑스러운 얼굴을 하라. 가능한 한 많이 웃고 부드럽게 대하며 모두에게 좋은 인상을 심어주라. 친구를 만들지 못하더라도 원수 같은 사이를 만들지 말 것. 의식적으로라도 내 지지자를 많이 심어 두자. 심기가 꼬인다고 해서 함부로 불평불만을 늘어놓는 것도 위험하다. 물론 다른 사람이 이렇게 경솔한 행동을 할 때도 적당히 맞장구치되 결정적인 실수는 하지 말자. 괜히 흥분해서 같이 열 올리다가 덩달아 피해를 보는 경우가 허다하니 말이다.

직장 동료와
어디까지 친해져야 할까

하루의 절반 이상을 회사에서 지내다 보면 자연히 친한 동료도 생기게 된다. 업무 파트너는 물론 취미와 관심사까지 잘 맞는 동료가 있다면 직장 다니는 맛도 날 것이다. 하지만 너무 가깝게 지내다 보면 말도 많고 탈도 많은 게 바로 직장생활에서의 인간관계다. 때로는 직장생활에서의 활력이 되기도 하고 때로는 필요악이 되기도 하는 직장 동료. 과연 어디까지 친해져야 할까?

❀ 사회 친구도 친구

직장 동료와 친밀도가 높으면 업무는 물론 직장생활에 대한 만족도가 높다. 또한 업무에 관한 대화뿐 아니라 개인적인 고민, 취미 등을 함께 나누면서 자연스럽게 동료애가 우정으로 발전하기도 한다. 하지만 이런 직장의 인간관계를 중요시하다 보면 가족이나 기존의 친구를 소홀히 할 수 있다. 또한 허물없이 지내다 보니 속사정을 뻔히 알게 되어 소문 및 구설수에 오르기 쉬우며, 업무 진행에서 주관적인 감정이 개입될 수도 있다. 또 그 사람과의 관계가 만에 하나 나빠졌을 경우 불편하고 껄끄러워서 퇴사를 결심하게 되기도 하니 적당히 잘 유지하자.

✤ 직장 동료는 그저 동료일 뿐

반대로 너무 개인적인 성향이 강해서 문제인 경우도 있다. 도대체 사무실 사람들과 대화도 없고 도통 무슨 생각을 하는지 알 수 없는 유형, 직장 동료들과 거리를 두며 지내는 유형이다. 회사보다는 직장 바깥에서의 인간관계를 중시하는 유형으로 퇴근 시간이 되면 쌩 하고 나가 자기 스케줄 처리하기 바쁘고, 직장 동료에게 업무 외에는 가급적 개인적인 이야기를 하지 않는다. 그들에게 직장은 그저 '생계를 위한 수단' 이며, 동료는 동료일 뿐인 것이다.

일하는데 별 지장 없으면 그만이라고? 무슨 소리! 직장 내 인간관계를 소홀히 하다 보면 함께 처리해야 할 공동의 업무 수행에 곤란을 겪을 수도 있다. 회사는 여러 사람과 함께 일하는 공간임을 잊지 말자.

✤ 가깝고 먼 사이, 동료

따라서 이상적인 관계는 직장 동료와의 적당한 거리인 '38선' 을 지키는 것이다. 업무 중 언제, 어디서, 어떤 일이 발생할지 모르니 너무 친한 것도, 무관심한 것도 좋지 않다. 적당히 거리를 두되, 냉정함과 다정함을 적당히 조율하는 것이 필요하다는 말이다.

가깝고 친하게 지내며 진심으로 사람을 대하면서도 한편으로 동료 사이에 지켜야 할 사적인 비밀 등은 되도록 지키는 게 현명하다. 특히 연봉이나 개인적인 약점, 집안 사정 등을 시시콜콜 밝히다 보면 나중에 뒤통수 맞을 수도 있으니 주의하라.

Chapter 3
요건 몰랐지?
인맥을 위한
액션 플랜

사적으로 친해지는 요령

사회생활을 하면서 일 외에 사적으로 친해진다는 게 그리 쉬운 일만은 아니겠지만, 가능하다면 최선을 다해 사적인 친분을 유지하도록 노력해볼 것을 권한다. 물론 코드가 안 맞고 맘에 영 안 드는 사람과 억지로 친해질 필요야 없겠지만, 내가 먼저 마음을 열고 겸손하게 다가간다면 얼마든지 좋은 사람들과 사귈 수 있다.

❖ 선후배 만들기

성공적인 사회생활을 위해 가장 필요한 요소는 '적극성' 이라고 해도 과언이 아닐 것이다. 집이나 학교에서는 공주님이었을지 몰라도 회사에서 그랬다가는 무능력한 왕따가 되기 십상. 꼭 누가 챙겨주기를 바라는 습성은 점점 그대를 소극이고 수동적으로 만들 뿐이다.

누가 먼저 다가오기를 기다리지 말고 필요하면 내가 나서서 친분을 트는 자세가 필요하다. 먼저 말 걸고, 먼저 전화하고, 먼저 나서서 챙겨주라. 슬슬 주변에 사람이 따르게 되고, '거래처 김 대리님' 이 어느 순간부터 '정말 친한 선배 언니' 로 바뀔 것이다. 인생 선후배를 많이 만들어가자.

⚜ 공통점 끌어내기

사람은 누구나 공통점이 있으면 금세 친해진다. 꼭 취미나 성격을 맞추지 않더라도 공통의 화제를 찾아내는 것은 그리 어렵지 않다. 여자들 사이에서 가장 빨리 친해지는 화제는 단연 '사랑과 이별'이다. 아직 싱글이라면 사람을 소개해주겠다며 친한 척을 하는 것도 좋고, 이별의 아픔이 있는 사람이라면 나의 암울했던 첫사랑 이야기를 꺼내는 것도 매우 효과적이다. 남자 이야기를 하며 서로 '맞아, 맞아'를 외치다 보면 더욱 친밀해질 수 있을 테니까.

일 이야기만 딱 끝내고 자리를 뜬다면 일 외에는 만날 일도 없거니와 내 인맥이 되는 길은 더더욱 멀어진다.

⚜ 도움을 주라

사적으로 친해지는 또 하나의 방법은 바로 도움을 주라는 것이다. 상대방이 필요한 부분을 챙겨주되, 대충하지 말고 성심성의껏 해야 한다. 크든 작든 일단 도움을 받게 되면 끈끈한 유대 관계가 생기기 마련이다. 특히 예상치 못한 상황에서 도움을 베풀게 될 때 효과는 더 커지게 된다.

그 분야에 대해 잘 아는 누군가를 소개해준다거나 대신 알아봐주는 것, 필요한 자료를 스크랩해주는 것 등은 크게 힘들이지 않고 생색내기 좋으니 꼭 써먹어보시라. 말로 도와주고 되로 보은받을 날이 올 것이다.

　이렇게 사적으로 친분을 쌓아 놓으면 일도 쉽게 풀리지만 일하는 재
미도 있다. 서먹서먹한 사이로 일하는 것보다 일의 능률도 오르고 말이
다. 또한 그 사람뿐 아니라 그 사람의 인맥까지도 내 것으로 만들 수 있
으니 인맥 확장에도 매우 효과적이다.

선배에게 예쁨받는 후배

어딜 가나 윗사람을 잘 만나면 직장생활이 편한 법. 존경할 만한 선배를 내 사람으로 만드는 것도 모두 자기 능력이고 인덕이다. 좋은 선배를 만나면 일도 금세 배울 수 있고, 또 그만큼 좋은 기회도 많이 주어지며, 선배나 상사의 인맥과 쉽게 닿을 수 있으니 그야말로 일석 몇 조인가. 자, 무조건 선배의 사랑을 한몸에 받도록 하라.

✤ 싹싹하게 눈치껏

똑같은 후배 사원이 있어도 괜히 주는 것 없이 미운 사람이 있는가 하면 뭐라도 더 퍼주고 싶고 정이 가는 후배가 있기 마련이다. 선배 눈에 가장 예쁜 후배는 일 잘하는 후배보다 싹싹한 후배, 경우가 바르고 눈치껏 행동하는 사람이다. 일은 기본으로 잘 배우고 잘해야겠지만, 무엇보다 인간관계의 기본 매너가 잘 갖춰진 후배를 보면 '정말 괜찮은 애가 들어왔다'고 다들 칭찬해 마지않는다.

선배를 알아서 모시라. 비굴하게 아부하라는 소리가 아니라 윗사람에게 해야 할 도리는 알아서 척척 하라는 뜻이다.

✤ 배우려고 애쓰는

그러나 아무리 인간성 좋고 성격이 원만하다 해도 하는 일마다 엉망에, 도통 배우려는 의지가 없는 후배는 키워주고 싶어도 키워줄 수가 없다. 선배와의 관계를 돈독하게 했다면 이제 선배의 지식과 노하우를 최대한 내 것으로 흡수해야 한다. 모르면 물어보고 도움을 청하고, 또 중간중간 보고도 하면서 일에서 선배나 상사와 긴밀해지자. 잘하고 못하고는 나중 문제고 일단 뺀질거리지 않고 노력하는 자세만으로도 점수를 딸 수 있다. 하지만 가능하면 업무 파악을 빨리해서 좋은 결과물을 내는 것이 중요하다는 것도 잊지는 말자.

✤ 일단 덤비지 말라

하지만 아무리 잘하려 해도 엉뚱하고 말도 안되는 선배나 상사가 있기 마련. 여자들은 보통 이럴 때 뒤에서 수군수군 뒷담화를 주로 하는데, 이는 정말 위험한 행동이다. 언젠가 돌고 돌아 그 이야기가 선배의 귀에 들어간다는 것을 명심하라. 아무리 맘에 안 드는 사람이 있어도 일단 덤비지 말라. 잘잘못을 따지는 것은 사석에서 단둘이 있을 때 하는 게 좋다. 여러 사람 앞에서 아랫사람이 윗사람에게 조곤조곤 따지는 모습은 누가 봐도 좋아 보이지 않는다.

이유야 어찌되었든 윗사람과의 정면 충돌은 피하는 게 상책. 더러우면 피하라고, 부딪치지 않게 내가 조심하는 게 현명하다.

언젠가는 나도 선배의 위치가 될 것이고, 내 밑에 후배 사원들이 생길 것이라는 사실을 늘 염두에 두고 행동하면 탈이 없다. 제아무리 똑똑하고 일 잘하는 후배라도 건방지고 선배의 머리 꼭대기 위에 서려고 한다면 얄미워 보일 수밖에 없지 않겠는가. 미운털이 박히면 그만큼 나아갈 길도 험난해진다는 건 자명한 사실.

마당발이 되는 법

주변에 아는 사람도 많고 걸려오는 전화도 많은 이른바 마당발로 불리는 사람을 보면 부럽기 짝이 없을 것이다. '인간관계가 좋구나…' 라는 부러움을 넘어 도대체 그런 빵빵한 인맥을 가진 비결이 뭘까 궁금해지기까지 한다. 지금까지는 친한 몇몇하고만 어울렸는지 모르지만, 성공적인 사회생활을 원한다면 마당발 되기를 소망하고 노력하시라.

✤ 내 사람을 만들라

그저 주변에 '아는 사람' 만 많다고 마당발이 되는 것은 아니다. 진정한 마당발이라면 지금 당장 필요로 할 때 내게 도움을 줄 수 있는 사람을 많이 확보하고 있어야 한다. 그러기 위해서는 평소 인간관리를 잘해야 하는데, 가장 효과적인 방법은 내가 먼저 상대를 도와야 한다는 것이다. 작은 부탁이라도 성의껏 해결해주려는 마음 씀씀이, 그 사람의 문제를 내 일처럼 진지하게 들어주고 도와주려는 자세 등을 보여줄 필요가 있다. 밥 한 번 안 사고, 만나자고 할 때 바쁘다고 튕기고, 간단한 부탁도 건성으로 대충 넘겨 버린다면 아무리 명함을 많이 갖고 있어도 정작 '내 사람'은 단 한 명도 없는 것이나 마찬가지다.

⚜ 지속적인 관리

홍보맨들을 보고 배우라. 그들은 별일이 없어도 연락하고 만나자고 하고 늘 열린 마음으로 사람을 대한다. 그들의 직업 정신을 배우면 그대도 마당발이 될 수 있다는 소리다. 그네들이 기자나 업체들을 만나 밥이나 먹고 수다나 떨고 다닌다고 생각하면 오산. 그들의 식사는 사적으로 친해지기 위한 전략적 미팅이다. 또한 지속적으로 안부 전화를 하고 메일을 보냄으로써 업계 동향도 파악하고 정보를 수집한다. 그러다 보면 정말 중요한 순간에 너무도 쉽게 원하는 것, 아니 그 이상의 것을 얻기도 한다 이거다. 그러니 수시로 전화하고 만나라. 가랑비에 옷 젖듯 그대의 인맥으로 자리잡을 것이다.

⚜ 모임을 만들라

그런데 이 인간관리라는 것이 일대일로 했을 때는 쉽게 한계가 오고 더 이상 발전하지 못하는 경우도 있다. 그래서 가능하면 업종별로, 테마별로 그루핑을 하면 좋다. 무슨 말인고 하니 이런저런 명목으로 모임을 주선하고 만들라는 것이다. IT 기획자들의 모임, 여성 마케터들의 모임, 싱글 홍보걸들의 모임 등등. 또 딱딱하지 않고 재미있는 타이틀로 뭉치면 부담도 없고 더 결속력이 생긴다. 모임을 만들다 보면 자연스럽게 인맥이 확장되는 효과도 볼 수 있고 쉽게 인연이 끊기지 않는다는 장점이 있다.

지금 당장 수첩, 휴대폰의 전화번호 리스트를 확인해보라. 통화 몇 번 안해본 사람이 있지는 않은지, 만나자 만나자 하면서 일 년이 넘도록 얼굴 한 번 못 본 사람은 없는지…. 미루지 말고 바로 연락해보시라. 의외로 반갑게 맞아줄 것이며, 그때부터 그와의 소중한 인연은 다시 시작될 수 있을 것이다.

선수에게 배우는 인간관리법

NO. 63

친구도 많고 아는 사람도 많은 동료를 보면 은근히 샘도 나고 부럽기도 할 것이다. 특별한 학연·지연인 것 같지도 않고, 특별히 사람을 끄는 재주가 있는 것 같지도 않은 평범녀인데도, 그녀의 명함첩은 빼곡하게 차 있고 수첩엔 늘 미팅 스케줄이 가득하다. 또 전화는 왜 그리 자주 오는지. 자, 부럽다면 이제 그녀를 보면서 배우자. 그녀의 인간관리에는 뭔가 특별한 게 있다.

❖ 차별하지 않더라

학벌이 장난 아니래, 집안이 쟁쟁하다던데, 업무상 친해 두면 좋잖아 등등. 이런저런 얄팍한 논리를 들어 사람을 사귀지 말자. 자기한테 필요하다고 생각하는 이에게만 잘해주는 사람들, 머잖아 밑천이 바닥나게 될 게 뻔하다.

빵빵한 인맥을 자랑하는 사람을 보면 누구에게나 골고루 잘해주고 친절하다는 공통점이 있다. 인맥은 잘나가는 사람을 등에 업고 출세하기 위한 줄타기가 아니다. 폭넓은 인간관계 속에 서로 도움을 주고받으며 그 속에서 끈끈한 네트워크를 형성하는 것이다. 순간의 이익만 보고 너무 시커먼 속 드러내지 마시라.

❀ 자기를 낮추더라

주변에 사람을 많이 두려면 내가 잘나고 높아지려 해서는 절대 안된다. 의식적으로 남을 칭찬하고 남을 높여주라. 사소한 것이라도 '어머, 대리님은 정말 동안(童顏)이세요', '어쩜 그렇게 성격이 좋으세요', '일도 잘하고 예쁘시니 남자들이 줄을 서겠다' 등등 칭찬거리를 만들자고 들면 무궁무진하다.

사람은 누구나 인정받고 싶어하는 본능이 있어서 자기를 띄워주는 사람을 가까이하기 마련이다. 돈 드는 것도 아닌데 진심 어린 립서비스만으로도 그대는 인기녀가 될 수 있다.

❀ 먼저 손 내밀더라

또 하나, 화려한 인맥을 자랑하는 선수들의 특징은 항상 먼저 손을 내민다는 것이다. 전화가 올 때까지, 만나자는 연락이 올 때까지 절대 넋놓고 기다리지 않는다는 뜻. 명함을 받고 나면 늘 먼저 전화해서 안부를 묻고, 좀 소원해졌다 싶으면 언제 식사라도 하자며 너스레를 떤다. 정보가 있으면 묻지 않아도 알려주는가 하면, 새로운 소식을 먼저 들고 찾아가 친한 척을 한다는 것. 뻣뻣한 자세로 못 이기는 척 만나주는 것과 이렇게 능동적이고 적극적인 자세로 착착 감기는 사람이 있을 때 어떤 사람을 챙겨줄 수밖에 없겠는가.

물론 자존심까지 구겨가며 굽신거리라는 뜻은 아니다. 누구에게라도 먼저 다가서겠다는 마음가짐이 중요한 것.

연애선수든 인맥선수든 늘 사람과의 관계를 중요시한다는 공통점이
있다. 당장 도움이 되고 안되고를 떠나 폭넓게 두루두루 사람을 사귀다
보면, 적당한 타이밍에 자신의 인맥 네트워킹이 빛을 발하고야 말 것이
라고 굳게 믿기 때문이다. 물론 꼭 이런 유익을 따지지 않더라도 사람
재산만큼 든든한 게 또 어디 있겠는가.

나를 포장하는 법

똑같은 상품도 포장하기에 따라 백화점용이 될 수도 있고 좌판 싸구려가 될 수도 있는 법. 사람을 끄는 힘, 바로 포장의 기술에 달려 있다. 아, 포장이라는 말에 너무 거부반응 보이지 마시길. 나라는 상품 가치를 높이기 위해 말과 행동 그리고 외적인 모습에 어느 정도 '전략적 포장' 이 필요하다는 뜻이니까.

❈ 참는다, 참아!

있는 그대로의 솔직한 모습이 최고? 물론 가식적이지 않은 진실한 모습이 인간관계의 기본임을 모르는 사람은 없을 것이다. 하지만 이왕이면 뭔가 좀 있어 보이고, 가능하면 당당하게 보여서 손해될 것이 무어란 말인가.

다혈질에 욱하는 성질까지 있는 기획실 이 대리. 하지만 그녀는 회사에서 '미스 스마일' 로 통한다. 언제 봐도 항상 웃고, 짜증난 표정이나 흐트러진 모습을 볼 수 없기 때문이다. 그녀라고 왜 힘든 일이 없겠는가마는, 함부로 투덜거리거나 파일을 책상 위에 툭툭 던지면서 중얼거리지는 않는다 이거다. 사람들을 의식해서 되도록 절제된 모습, 여유 있는 모습을 보여주기 때문에 윗사람은 물론 동료와 후배들도 그녀를 믿고 따른다.

❈ 모른다고 하지 마!

사람을 끄는 힘이 있는 사람은 어떤 특정한 능력이 있다. 웃기는 재주, 편안하게 해주는 능력, 고민 해결사, 잡학 박사 등등. 남다른 기술이 있기 때문에 사람들은 그를 따르고 좋아하고 가까이하려 하는 것이다. 그러므로 이왕이면 ‘안다’고 하고, ‘도와주겠다’고 능동적·긍정적으로 말하는 습관을 들이자. 도대체 10초도 생각지 않고 ‘몰라!’를 외치는 사람에게 기대할 것이 무엇이란 말인가.

모르는 게 자랑이 아니고 솔직한 게 능사는 아니다. 쥐뿔도 없으면서 잘난 척할 것까진 없지만, 때론 상대방을 위해 몰라도 아는 척, 없어도 있는 척할 필요가 있다는 거다.

❈ 왠지 좋은…

그러므로 나를 포장해야 하는 이유는, 딱 꼬집어 특별한 이유를 댈 수는 없지만 ‘왠지 좋은…’ 그런 사람이 되기 위한 것이다. 왠지 믿음이 가고, 왠지 잘할 것 같고, 왠지 모르는 게 없을 것 같은 사람. 사람들에게 이런 이미지를 심어 놓으면 ‘인맥의 중심’에 우뚝 설 수 있다. 어디서든 필요한 사람이 되면 자연히 사람은 따라오는 법이니까. 게다가 이런저런 이유를 대지 않고 ‘그냥 좋은 사람’으로 인정받게 되면 일과 비즈니스를 떠나 오랫동안 친분을 유지할 수 있다는 것도 알아 두자.

　주변에 사람이 붙게 만들려면 그만큼 매력적인 요소를 갖춰야 한다. '나는 나!' 라고 자기 스타일만 고집하다가는 폭넓은 인맥 형성이 조금 어려워진다는 것을 잊지 말자. 내 멋대로 하기엔 세상은 그리 만만치 않다.

여자들이 저지르기 쉬운 실수

인맥의 중요성을 절감하고 좀더 폭넓은 인간관계를 누리고 싶다면 사람 욕심을 내자. 특히 신입 여자 직장인들은 소극적이고 편협한 관계에 만족하고 그 속에서 안주하려는 경향이 강하다. 적당히 일하고 그저 월급이나 받길 원하는 게 아니라면 일과 인간관계에 좀더 관심을 가져볼 것.

✤ 괜히 끼리끼리

여자들이 취직하면 가장 먼저 하는 것이 바로 단짝 친구를 만드는 일일 것이다. 심지어 퇴근도 같이 하고, 상사 흉보는 데도 어쩜 그렇게 죽이 척척 맞는지…. 낯선 회사생활의 어려움을 함께 나누는 것까지는 좋은데, 문제는 둘 혹은 서너 명이 몰려다니며 자기들끼리만 똘똘 뭉치려 한다는 점이다. 윗사람들이 볼 때 정말 꼴불견이란 사실을 아시는지. 무엇보다 이렇게 끼리끼리만 다니다 보면 다른 사람들이 끼어들 틈이 안 생기게 되고, 결과적으로 내 인맥 바운더리도 그만큼 좁아진다는 것을 왜 모르시나.

❧ 적을 만들지 말라

정말이지 겁도 없다. 다시 안 볼 사람처럼 아무렇지도 않게 사내에 적을 만드는 사람들. 용감하고 소신 있는 행동 아니냐고? 요즘은 동료 평가가 좋지 않으면 승진도 안되는 시대란 걸 모르시나. 맘에 안 들고 미운 사람이 있다고 뒤에서 흉보고 메신저로 속닥거리는 유치한 행동을 당장 멈추라. 현명한 여자들은 퇴근 후 친구나 애인에게 하소연하고 털어버린다. 대세에 지장이 없는 한 괜히 얼굴 붉히며 흥분해서 소리지르지 말란 말이다.

자, 점검해보자. 나에겐 아군보다 적이 더 많지는 않은지, 사내에서 눈도 안 마주치고 무시하는 얼굴이 있지는 않은지.

❧ 있을 때 잘해

사람도, 건강도 있을 때 관리를 잘해야 하는 것은 만고의 진리다. 특히 상대편에서 연락이 없다고 흐지부지 관계를 끝내는 사람들, 아쉬운 거 없다고 가만히 있는 사람들은 반성하자. 그렇게 소극적인 자세로 이 험한 세상을 어떻게 헤쳐 나갈 생각이신지. 어떤 관계든 한쪽에서 포기하지 않는 한 끊어지는 법은 없다. 한번 인연이 얼마나 소중한데 그리 쉽게 사람을 포기해서야 되겠는가. 필요하면 밥도 사고 차라도 함께 마시면서 멀어진 사이를 좁히자.

만약 점점 걸려오는 전화가 줄어든다면 통장 잔고가 줄어드는 것만큼 심각하게 여겨야 한다.

인맥의 나무는 저절로 자랄 수도 없고 그래서도 안된다. 사람을 심고, 물을 주고, 지속적인 관심과 애정 그리고 적당한 투자를 해야 그 맥이 끊기지 않고 잘 자랄 수 있는 법.

사람에게 좀더 욕심내자. 결국 사람이 큰 자산이 된다는 걸 깨닫게 될 것이다.

구직에 인맥 활용하기

인맥관리를 잘해서 가장 보람을 느낄 때는 아마 주변 사람의 도움으로 새로운 직업을 구했을 때가 아닌가 싶다. 회사를 옮기거나 새로운 일을 하고 싶을 때 우리는 그동안 열심히 갈고닦았던 실력과 더불어 인맥 수첩을 꺼내야 한다. 구슬이 서 말이라도 꿰어야 보배라고, 적재적소에 심어 놓은 화려한 내 인맥들을 100% 활용하는 것이다.

❧ 내가 원하는 게 뭘까

직장을 옮기고 싶을 때 솔직히 나를 도와줄 사람은 의외로 많다. 다리 하나만 건너면 어렵지 않게 소개해줄 지인들 말이다. 문제는 내가 도대체 무엇을, 어떤 일을 원하느냐 하는 것이다. 막연하게 '어떤 일을 했으면 좋겠다' 고 생각지 말고, 어떤 회사에서 무슨 일을 하면서 급여는 어느 정도 받았으면 좋겠다고 미리 정해 놓자.

누군가가 그대에게 '어떤 일을 하고 싶으세요?' 라고 물었을 때 적어도 머뭇거리지 않을 정도의 명확한 직업관이 있어야 한다.

❀ 핵심 인물 잡기

도움을 줄 만한 사람들의 리스트를 먼저 정리해본다. 원하는 분야별로 관련된 사람들을 찾아도 좋고, 나보다 인맥이 더 넓고 연륜 있는 선배, 상사들의 명함을 뒤적여도 된다. 물론 뜬금없이 전화해서 '회사 옮기고 싶으니 알아봐달라'고 떼쓰는 것은 금물. 전화와 메일로 안부를 먼저 전한 후 사적인 자리를 갖자.

단둘이 만나는 것은 너무 노골적이고 무거운 분위기가 연출될 수 있으므로 처음에는 여럿이 모일 수 있는 가벼운 친교의 자리를 만드는 게 좋다. 이때 대화 도중 자연스럽게 핵심 인물과 다음 약속을 잡도록 한다. '선배님, 언제 따로 시간 좀 내주세요'라든가 '제가 한번 찾아뵈어도 되죠?' 하면서 애프터 신청을 하도록.

❀ 활발하게 움직여라

직장이 없다고, 혹은 회사를 옮긴다는 핑계로 코빼기도 보이지 않고 잠수타는 유형들이 꼭 있다. 숨어서 저 혼자 구직 활동을 하는 것처럼 미련한 일도 없을 것이다. 이럴 때일수록 더 활발하게 움직여 내 존재를 드러내고 알려야 한다. 친구를 비롯한 측근들에게 내 상황을 알리고, 이력서는 항상 준비해 두시라. 크고 작은 모임엔 빠지지 말고 참석해야 하며, 세상 돌아가는 이야기에 더 열심히 귀를 기울여야 한다.

제발 내 인맥이 빵빵하다고 가만히 앉아 저절로 복이 굴러들어올 것이라고 착각하지는 말지어다. 무례하지 않은 선에서 적극적으로 도움을 청하지 않는다면 화려한 인맥도 무용지물일 테니 말이다.

도움을 받아야 할 때는 확실하게 손을 내미는 배포를 키우자. 구차스러워서, 구구절절 창피해서, 자존심 때문에 내 앞길은 내가 어떻게든 개척해보겠다는 오만을 버리고 겸손하게 인맥을 활용하라. 사람 백으로 취직하라는 소리가 아니라 인맥 풀을 활용하면 더 많은 기회, 더 빠른 구인 정보를 얻을 수 있다는 이야기다.

깊고 진한 알짜 인맥

아는 사람이 많다고 해서 인맥관리를 잘하고 있다고 착각하면 안된다. 내가 얼마나 많은 사람의 명함을 갖고 있느냐를 따질 게 아니라, 도대체 몇 명이 나를 중요하게 생각하고 있느냐가 바로 진정한 인맥이란 뜻이다. 실속 있는 인맥이란 바로 이런 것. 여기저기 얼굴 내미는 게 능사가 아니라 한 명이라도 확실히 내 사람으로 만들자.

❀ 명함을 함부로 뿌리지 말라

중요한 모임이다 싶으면 명함 한 통 들고 나가 여기저기 뿌리는 사람들. 아무도 그대를 기억하지 못함은 물론이요, 오히려 싸구려 이미지만 남길 수 있으니 이런 행동은 절대 삼가라. 인맥관리를 잘못 이해한 사회 초년생들은 무조건 아는 사람 머릿수만 늘리려고 애쓰는 경향이 있다. 내가 누구를 알고, 누구와 같이 밥을 먹었고, 그 사람의 명함을 받았네 하면서 자랑하지 말란 소리다. 당장은 내 인맥이 늘어난 듯한 풍만함을 느낄 수 있겠지만, 결국 소리만 요란한 빈 수레에 지나지 않는다는 것을 곧 깨닫게 될 것이다.

❧ 특별한 관계 맺기

그저 아는 사람을 내 인맥이라 할 수는 없는 법. 한 사람을 알더라도 나와 특별한 관계를 맺은 사람인가가 중요하다. 누군가와 친밀감을 높이고 싶다면 무엇이든 주고받는 게 가장 빠른 방법이다. 그게 물질이든 마음이든, 아니면 새로운 정보든 간에 오가는 관계 속에 특별한 감정이 생기는 법. 내가 누군가에게 필요하고 중요한 사람이 되고 싶다면 내가 먼저 그 사람을 기억하고 챙겨서 특별한 사람으로 대접하면 된다. 나에게 대수롭지 않고 아무것도 아닌 사람이라면 나도 그에게 별것 아닌 존재라는 점을 꼭 기억하시라.

❧ 인맥은 장기전

깊은 인맥을 맺고 싶다면 초반에 너무 호들갑떨지 말자. 본 지 얼마 안됐는데 몇 년은 사귀어온 사람처럼 죽이 척척 맞는다고 너무 감격하지 말란 소리. 금세 친해진 사람은 그만큼 쉽게 멀어질 가능성도 높으니 속도를 좀 늦추면서 지속적인 만남을 이어가란 말이다.

초반에 열 내다가 금세 싫증을 내거나 실망하는 등 변덕을 부리지 말고, 어떤 사람인지 찬찬히 알아가라. 인간관계에는 순발력보다 지구력이 필요하다. 누구를 먼저 아느냐가 중요한 게 아니라 얼마나 오래 관계를 이어갈 수 있느냐가 인맥의 성공률을 좌지우지한다.

결론적으로 말해 '알짜 인맥'을 많이 만들어 두어야 한다. 내가 필

요할 때 서슴없이 도와줄 사람은 누구인지, 내 전화 한 통에 당장 달려
와줄 사람은 몇 명인지, 실직했거나 어려울 때 내 일처럼 나서서 알아
봐줄 사람이 있는지를 점검해보라. 아직 자신이 없다면 내가 먼저 유
용한 사람이 되면 된다. 손을 뻗을 때 잡아주고, 웬만하면 거절하지 않
으며, 남의 일에도 항상 촉각을 곤두세우고 관심을 갖는 것 말이다. 특
히 철새처럼 여기저기 옮겨다니며 사람 바꿔가는 어리석은 행동은 절
대 하지 말 것.

하루라도 젊을 때 관리하라

주변의 팀장급 선배들에게 물어보라. 다시 사회 초년생으로 돌아간다면 인맥관리를 어떻게 할 것 같으냐고. 십중팔구 지난날의 어리석고 미련했던 인맥관리(관리랄 것도 없다!)에 대해 땅을 치고 후회할 것이다. '그때 인맥에 대해 조언해준 선배만 있었어도…' 라고 입을 모아 말할 게 분명하다. 그렇다. 아무도 가르쳐주지 않지만 누구나 공감하는 인맥관리. 자, 한 살이라도 어릴 때 차근차근 시작하자.

❖ 그땐 몰랐어요

정말이지 입사 초년생일 때는 인맥이, 사람이 이렇게 중요한지 정말 몰랐다. 그저 주어진 일 열심히 하고, 지각하지 않고, 눈치껏 퇴근하고 그러면 그게 전부라고 생각했기 때문이다. 내 주변에 주옥같은 사람들이 스쳐 지나가도 '그게 나와 무슨 상관이냐고요…' 라고 등한시했던 어리석음을 원망한다.

나이 들어서는 친한 척하고 순수하게 사람을 만나는 것이 매우 힘들다. 상대에게 아무런 부담도 주지 않는 입사 1~2년차 때 많은 사람을 만나고, 얽히고, 관계를 맺으라. 여자 직장인들 대부분이 본격적으로 '일 맛'을 알게 되는 대리 직책을 달고 나서야 자신의 인맥관리가 빵점이었다고 자책하곤 한다.

❖ 가장 실속 있는 투자니까

투자도 이보다 더 확실한 투자는 없다. 사람을 심어 두고 평소 관리를 잘해 두는 것 말이다. 뒤늦게 인맥의 중요성을 깨닫고 여기저기 부지런히 쫓아다녀봐도 어리고 순수한 신입 사원 시절에 하는 인맥관리만 할 리 없다. 일단 뭔가 꿍꿍이가 있는 시커먼 속이 훤히 들여다보일뿐더러 '이 나이에…' 하는 생각 때문에 뭘 해도 생뚱맞아 보인다. 게다가 아무리 잘해주어도 받아들이는 쪽의 기분이 썩 유쾌하지만은 않을 수 있다는 것도 이유다.

결국 젊어서는 돈보다 사람이다. 당장의 이익을 찾아 이리저리 줄 서지 말고 의리와 신뢰를 생명처럼 소중하게 여기자.

❖ 선배를 모방하라

그러니 선배들의 전철을 밟지 말고 아예 사회 첫발을 내디딜 때부터 (아니, 학부 시절부터 동기며 선배, 교수님들과 관계를 돈독히 해놓으면 더 좋고) 사람의 중요성을 빨리 깨달아 인맥관리를 제대로 하기를 권한다. 잘 모르면 멘토가 될 만한 선배부터 일단 잡으라. 그들이 사내에서 어떻게 이미지 메이킹을 하며, 거래처는 어떤 식으로 관리하는지 눈으로 보고 모르면 물어보고 배우라.

좋은 멘토를 만나려면 내가 먼저 '가능성 있는 떡잎'으로 그의 눈에 띄어야 한다. 아무나 붙잡고 조언해달라 떼쓰지 말고, 나와 코드가 맞을 만한 선배 혹은 상사를 찜한 뒤 그들의 인맥 노하우를 최대한 많이 모방 하라.

이미 늦었다고 포기하지 말고 바로 지금 내가 마음먹은 시점부터 인 맥관리는 시작되는 것이라고 믿으라. 눈을 부릅뜨고 사람과 사람 사이 를 유심히 관찰할 것. 관심이 있고 뜻이 있으면 길도 열리기 마련이다.

생소한 문화에 적응하기

사람마다 자라온 환경과 문화적 배경이 다를 수밖에 없지만, 인맥을 만들고 관리하는 데는 좀더 다양한 문화를 받아들이려는 노력과 마음가짐이 필수다. 사람을 만날 때 일 이야기 외에 사적으로 친해지려면 문화적 공감대가 형성되어야 한다. 최소한 무슨 소리를 하는지는 알아듣고 맞장구칠 정도는 돼야 한다. 인맥은 사람만 좋다고 형성되는 게 아니다. 때론 전략적으로 인맥의 바다에 풍덩 빠질 필요가 있다.

❀ 일단 많이 들을 것

알지 못하고 배우지 못했다면 듣는 것이라도 열심히 하면 된다. 서당 개 삼 년이면 풍월을 읊는다는데, 이 얘기 저 얘기 듣다 보면 화제도 풍성해지고 어떤 자리에서도 장단 정도는 맞출 수 있게 된다. 좀더 부지런한 사람이라면 나의 주요 인맥들이 무엇에 관심을 가지고 있는지 스터디할 수도 있을 것이다.

단, 잘 모르면서 아는 척한다거나 어설픈 지식을 풀어 놓는 것처럼 위험한 것도 없다. 내가 잘 모르는 분야의 사람을 만나면 일단 그들의 말을 경청하면서 간접 경험을 늘리는 게 현명하다. '정말요?', '아, 그렇구나', '와, 멋지다' 등등 적당히 흥을 돋우는 말로 가능한 한 상대가 많은 정보와 뉴스를 쏟아낼 수 있게 만드는 것도 그대의 몫이다.

⚜ 취미나 코드를 맞출 것

남자들이 피곤해도 술 마시고 자기 돈 들여가며 골프를 배우는 데는
다 그만한 이유가 있다. 상대방의 취미와 공통 화제에 끼지 못하면 성공
할 수 없기 때문. 속도 없이 비위 맞추라는 이야기가 아니라, 적어도 모
임에서 따돌림을 당한다거나 어떤 자리에든 끼어주지 않는 썰렁한 사람
이 되지는 말라는 것이다.

그러기 위해서는 내 인맥들과 어울릴 만한 취미 활동을 한두 가지 정
도는 공유해야 한다. 남자들은 주로 술이나 스포츠를 같이하면서 친목
을 다지지만, 여자들은 코드가 맞는 게 더 중요하다. 나와 대화가 통하
는지, 라이프 스타일이 비슷한지 등등. 일단 한번 죽이 척척 맞는다고
느껴지면 남자보다 의리가 깊은 게 또 여자들이기도 하다.

⚜ 남의 커뮤니티에 빠질 것

만나면 친하고 코드도 잘 맞지만 어느 단계에서 더 깊은 관계로 이어
지지 못하는 이유는 바로 '문화적 · 환경적 차이'를 공감하지 못하는 자
기 자신 때문이다. 별관계 없는 사이라면 '내 멋대로 살리라'를 외쳐도
무방하지만, 사회생활에서 문화적 편견을 갖는 것처럼 어리석고 답답한
일도 없으니 최대한 오픈 마인드로 사람을 대하길.

내 친구, 우리 회사, 내가 속한 모임 커뮤니티만을 고집하지 말고 가

능하면 다른 사람의 잘나가는 커뮤니티에도 적극적으로 빠져보라. 여기저기 어울릴 수 있는 사람, 어떤 자리에서도 당당하게 자기 색깔을 낼 수 있는 사람만이 인맥을 넓힐 수 있기 때문이다. 또 그만큼 다양한 사람들을 만나야 내게 오는 기회도 많아지는 법이므로.

첫 관계가 중요하다

사람은 누구나 처음 경험을 가장 잊지 못하고 마음속에 깊이 간직하는 경향이 있다. 첫사랑, 첫 승진, 첫 기념일…. 하지만 사회인에게 처음 직장이 어떤 곳이었으며, 어떤 일을 했는지만큼 중요한 일도 없을 것이다. 첫 단추를 잘 꿰고 싶다면 첫 직장을 잘 잡고 그곳에서 만난 사람들과 좋은 관계를 맺어 두자. 첫 직장의 경험들이 10년, 아니 그 이상을 좌우한다고 해도 과언이 아니므로.

❧ 첫 관계(?)를 잘하자

대부분의 사람들은 첫 직장의 소중함을 모르고 지낸 것 같다고 고백한다. 어렵게 들어간 회사이건만 모든 게 미숙한 탓에 이래저래 시간만 보내고 자기 위치를 확실하게 잡지 못한 것 같다고 말이다. 하지만 첫 직장에서 만난 사람들, 그곳에서 배운 것들이 앞으로 그대의 직장 생활에 엄청난 영향을 미친다는 것을 꼭 기억해 두기 바란다.

특히 사람과의 관계는 처음부터 교통 정리를 잘하고 이미지 메이킹을 확실히 해두어야 한다. 일이야 그 다음에 배우면 되지만, 일단 구설수에 오르거나 또 사람들과의 관계를 엉망으로 만들면 두고두고 발목이 잡혀 제대로 클 수가 없다.

소문? 돌고 돌아 내 귀에 들어오는 것은 그야말로 시간문제다.

❖ 첫 사수를 사수하라

누구나 직장생활의 첫 사수가 있는 법. 나를 이끌어주고 도와주고 가이드 라인을 제시할 만한 선배나 상사를 찜했다면 목숨 걸고 내 사람이 되도록 사수하라. 많을 필요도 없다. 나와 코드가 잘 맞고 내 잠재력을 인정해주며 기꺼이 도와줄 수 있는 사람은 한 명으로 충분하다. 대부분의 사수들이 그대가 이직을 할 때 혹은 회사에서 문제가 생겼을 때 발 벗고 나서서 도와주게 된다. 아직까지 믿음직스러운 선배 한 명 없다면 직장생활 헛한 거나 마찬가지다.

단, 남자 선배보다는 같은 여자를 고르는 게 무난하다. 아무래도 남녀 관계는 꼭 색안경을 끼고 보는 사람들이 있기 때문이기도 하며, 나중에 선후배 관계가 본인의 의도와 관계없이 엉뚱한 방향으로 흐르기도 하기 때문이다. 자신 없다면 안전하게 여자 선배를 고르라.

❖ 첫 거래처도 인맥으로

처음 만난 내 거래선들과도 관계를 잘 맺어야 함은 두말하면 잔소리다. 같은 회사 사람도 아니고 이 바닥 떠나면 끝이라고 생각한다면 그대의 큰 착각. 거래처 관리만 잘해도 안될 일이 잘되고, 업무 실적이 쑥쑥 올라감은 물론, 때론 그들이 내 밥줄까지도 책임져준다는 사실을 기억하라. 실제로 거래처 덕에 더 좋은 곳으로 전직한 사례들이 꽤 많다. 물

론 본인의 실력이 기초가 되어야겠지만 '잘 키운 거래처 사람, 열 헤드
헌터 안 부러운' 경우가 종종 있기에 하는 소리다. 나의 첫 거래선들은
회사를 옮겼을 때 든든한 후원자가 되기도 하고 정보 제공자가 되기도
하니, 한두 해 거래하다 말 생각일랑 아예 하지 마시길.

뭔가 있어 보이기

NO. 71

먼저 오해하지 말기 바란다. 거짓으로 그럴싸하게 겉만 꾸며 사람들을 속이라는 게
아니다. 다만 외모든 실력이든 어느 정도 '있어 보이는' 사람의 주변에는 늘 사람이
꼬인다는 걸 강조하고 싶다. 비슷한 상품이라도 포장하기에 따라, 진열해 놓은 장소
와 매장의 분위기에 따라 값이 천차만별로 매겨지지 않던가. 이왕이면 좋아 보이고
그럴싸해 보이는 것에 눈길, 손길이 가는 것과 같은 이치.

❧ 굳이 드러내지는 말되

학벌이나 집안 등을 내세워 자신을 높이려는 것처럼 추한 것도 없다.
반대로 굳이 자랑할 것도 아닌데 지지리 궁상을 떨며 동정심을 유발하
는 것도 주변 사람을 피곤하게 하긴 마찬가지다. 타고난 배경이 별로 내
세울 게 없다면 자신의 장점이나 특기를 살려 사람에게 어필하는 게 현
명하다. 단점은 최대한 가리고 자신 있는 부분을 크게 보이게 하는 것,
이게 바로 진정한 의미의 '있어 보이는' 전략이리라.

화술이 뛰어나다거나 책을 많이 읽어 박식하다거나, 스포츠나 영화광
이라면 특정 분야에 대한 해박한 지식을 대화 도중 자연스럽게 드러내
는 것도 사람들의 관심을 끄는 좋은 방법이다. 파리로 유학을 갔다 왔네

어쩌네, 토익 점수가 만점에 가깝네 어쩌네 하며 잘났다고 설치지 말고
은근히 자기 실력을 알리는 것, 그게 바로 기술이다.

✿ 왠지 멋진 분위기

　주변을 가만히 살펴보라. 특별한 매력이 있는 것도 아닌데 늘 주변에
사람이 북적대고 한번 사귀어보고 싶다는 마음이 들게 하는 그런 사람
이 있을 것이다. 왠지 느낌이 좋고 사람을 끄는 힘이 있는 사람들에겐
그만의 독특한 분위기가 있다. 물론 이런 분위기, 느낌 등은 어느 정도
타고나는 것도 있지만, 후천적인 노력으로 만들어갈 수도 있다.

　먼저 내가 닮고 싶은 사람, 또 주변에서 다들 부러워하고 좋아하는 모
델이 있다면 그 사람의 매력 포인트를 정리해보는 것이다. 항상 웃는
낯, 상냥하고 친절한 매너, 세련된 옷차림, 겸손한 듯하지만 당당한 자
세, 유머 감각 등등 구체적으로 그들의 장점을 나열한 뒤 내 스타일에
맞게 적절히 융화시키면 된다. 맞지도 않는 옷에 억지로 몸을 구겨 넣는
게 아니라 내 몸에 맞게 변형시켜 나만의 느낌으로 재가공하는 것.

✿ 단정적인 말은 신중하게

　뭔가 아는 게 많아 보이고, 도움받을 일이 많을 것 같고, 마당발인 것
처럼 보이는 사람들은 쉽게 '노' 라는 말을 하지 않는다. 더욱이 '있어
보이기' 위해서는 '글쎄', '난 잘 몰라', '내가 어떻게 알아' 등등 부정
적인 표현을 절대 하지 않는다는 걸 기억하라. '알아봐줄까?', '들어본

것 같은데', '알아보면 될 거야' 등등 설령 내가 잘 모르고 직접적인 도움을 줄 수 없는 일이라도 단칼에 잘라 말하지 않는다는 뜻이다. 곁에 사람이 붙어 있게 만들려면 먼저 '필요한 사람'이 되어야 하기 때문이다. 정말로 있어서 있어 보이면 다행이지만, 만약 가진 게 별로 없다면 있는 것이라도 잘 요리해서 먹음직스럽게 연출하는 센스가 필요하다.

진짜 인맥에 집중하기

무조건 많은 사람을 알고, 그들과 교제하고 부피만 키우는 게 우선이라고 생각지 말라. 진짜 인맥관리의 대가들은 어울릴 때와 혼자일 때, 또 깊이 관여해야 할 때와 적당히 거리를 둘 때를 적절히 믹스해서 인간관계의 균형을 잡는다. 정말 소중한 진짜 인맥과 그저 스쳐 지나가는 인맥을 잘 구분하자.

❧ 내가 힘들 때

친구 가운데도 이런 사람 꼭 있다. 결혼한다고, 자기 애 돌잔치한다고, 또는 집들이한다고 어느 날 갑자기 전화하는 경우 말이다. 평소 안부 문자 메시지 한 통 없다가 뜬금없이 이런 초대를 받고 기분좋을 사람은 별로 없다. 친구도 그런데 하물며 사회에서 만난 사람은 더 냉정할 수밖에 없다. 지금은 온갖 친한 척 다해도, 막상 그대가 회사라도 당장 그만두게 되면 그나마 안부 전화 한 통 걸지 않을 사람도 많을 것이다.

내가 어려울 때, 아무런 백도 줄도 되어줄 수 없을 때 그래도 나 자체를 믿고 인정해주며 챙겨줄 사람이 누구일지 곰곰이 지켜보고 생각해두라. 그것이 바로 진짜 인맥이다.

❧ 부담스러운 인연

객관적으로 사람도 괜찮고 친해지면 여러모로 유익한 사람일지라도, 때론 나와 어울리지 않는 인연도 있는 법이다. 이럴 땐 너무 아쉬워하거나 비굴하게 매달리지 말자. 이런 관계를 억지로 유지하다 보면 감정적으로 상처를 입기도 한다. 예를 들어 소박하고 평범한 월급쟁이가 집안도, 배경도 빵빵한 전문직 종사자들과 어울리려면 여러모로 문화적 · 경제적 충격을 받을 수 있다. 물론 그 차이점을 아무렇지도 않게 넘길 수 있고 잘 어울리는 사람이라면 아무 문제가 없겠지만, 의기소침해하고 주눅들고 괜히 자존심 상하면서까지 그들과 섞일 필요는 없다는 것이다. 뭐든 자연스러운 관계가 가장 아름다운 것이니까.

❧ 잔가지를 치자

자질구레한 인연들은 정리해가며 살 필요가 있다. 즉, 일 년이 지나도록 전화 한 통 하지 않는 사이, 내가 전화했을 때 '누구시더라?' 할 사람들, 또 나는 좋아하지만 나를 별로 달가워하지 않는 사람들은 진짜 인맥이 아니다. 그러니 한두 번 얼굴 본 정도의 사람을 내 인맥이라고 자랑하지 말고, 앞으로 다시 만나고 싶지 않은 사람이라면 수첩에서도, 휴대폰 주소록에서도 정리하는 편이 좋다. 양보다는 질에 집중해야 한다는 소리다.

정말 필요하고 관리해야 하는 사람이면 내가 적극적으로 나서서 만남도 주선하고 연락도 하면서 관계를 진전시키고, 아무리 노력해도 별로 반응이 없거나, 또 그러고 싶지도 않은 사람들까지 관리하면서 피곤하게 살 필요는 없다는 거다.

인맥의 흐름을 막는 잔가지는 너무 자주 칠 필요는 없고 일 년에 한두 번씩은 치는 게 좋다. 그냥 두다가는 괜히 영양분만 뺏기고 정말 잘 자라나서 열매를 맺어야 할 소중한 인맥만 망치는 꼴이 되기 때문이다.

나를 찾게 만들자

잘못 생각하면 인맥이니 휴먼 네트워크니 하는 것들을 오해하기 쉽다. 빵빵한 사람과 가깝게 지내면서 그들의 힘을 빌려 사회에서 어떻게 한번 떠보겠다는 것쯤으로 말이다. 이런 인맥을 자랑삼아 떠벌리는 사람도 없진 않겠지만 한번 겪어보시라. 그건 진짜 내 인맥이 아니라는 걸 금세 알게 될 것이다. 인맥의 중심엔 바로 '그대 자신'이 있어야한다는 것을 명심하자.

❈ 당당한 내가 되어야

당당하라고 해서 빳빳하게 고개 들고 큰소리나 뻥뻥 치라는 소리가 아니다. 정말 당당한 사람은 부드럽고 겸손하면서도 무시할 수 없는 분위기가 있다. 당당하다는 것은 어떤 상황에서도 비굴하지 말라는 뜻인데, 항상 남의 눈을 의식하며 다른 사람의 평가에 좌지우지되는 사람들에게 끌리는 사람은 없기 때문이다. 누구를 만나든 어디를 가든 기죽지 않을 수 있는 자신감은 바로 내면의 당당함에서 비롯된다는 사실. 이런 힘이 있어야 사람들이 알아서 찾게 되고, 그대는 여기저기 끌려다니지 않고 튼튼하게 인맥의 중심을 잡을 수 있다.

❁ 나를 찾게 만들라

내가 열심히 쫓아다니고 부지런히 발품을 파는 것도 나쁘진 않지만, 이왕이면 사람들이 나를 찾게 만들라. 사람들이 늘 찾고 어디든 불러내는 사람이 되어야지, '제발 좀 오지 말았으면…' 하는 불청객이 되진 말란 소리다. 전자처럼 되려면 평소 대인관계를 원만히 닦아 놓아야 하는데, 무엇보다 어떤 모임에 잘 섞일 만큼 튀지 않는 성격에 누구와도 잘 어울릴 수 있는 유머 감각과 친화력을 가지고, 또 어떤 분야에 대해 전문 지식 등을 갖추고 있으면 유리하다.

물론 이 모든 것을 갖췄다고 해도 '나 정말 잘났지?' 하고 티를 내는 사람은 자격 미달.

❁ 미끼를 먼저 던져보라

생전 먼저 불러내는 법이 없는 사람, 오라면 가고 안 부르면 그런가 보다 하고 넘어가는 소극적인 성격으로는 인맥의 흐름을 쥐고 흔들 수 없다. 때론 사람들이 모여들게 적절한 미끼를 던져 모임을 형성하고, 또 지인들을 소개하면서 인맥의 볼륨을 다질 필요가 있다는 뜻.

예를 들어 그대가 아는 사람들 가운데 직종별로 관련된 사람들을 모아 하나의 커뮤니티를 만든다든가, 브랜드 홍보하는 거래처 사람과 미디어업계에 종사하는 친구를 한자리에 모아 서로 안면을 트게 해주는 것도 좋다. 좋은 사람들을 나만 알고 지내는 것보다 이렇게 서로 인맥을 교환하다 보면 분명 그대를 중심으로 한 재미있는 관계가 창조될 것이다. 그대의 입지가 굳건해지는 것은 두말할 것도 없고.

　돈도, 남자도, 사랑도 끌려다니면 절대 거머쥘 수 없는 법. '내 인맥은 내가 지휘한다' 는 소신을 가지고 전략과 전술을 동원해 내가 중심이 되는 인맥 네트워크를 만들어보자.

인맥의 믹스매치

진짜 멋쟁이는 옷을 자주 안 산다. 옷장 안에 숨어 있는 옷들을 요리조리 코디해서 새롭게 창조하는 탁월한 능력이 있기 때문이다. 하긴 몇 년 동안 믹스매치(mixmatch), 레이어드 룩이 패션계를 주름잡고 있는 것만 봐도, 얼마나 옷이 많은가보다 어떻게 매치해서 변화를 주느냐가 더 중요하다고 할 수 있다. 그렇다면 인맥에도 믹스매치 코디를 적용해보면 어떨까. 나만 아는 사람들 꽁꽁 숨겨 놓고 혼자 친한 척하지 말고 공개하라, 소개하라, 서로 만나게 해주라!

✤ 그녀는 스파이더맨?

마당발로 소문난 선배가 한 명 있는데, 그녀의 별명이 바로 '소개의 여왕'이다. 그녀는 사람을 만날 때 자신의 이야기를 떠벌리기보다는 상대방의 근황, 요즘 하는 일 등을 부지런히 듣고 관심을 기울인다. 이유는 바로 관련된 사람들을 연결해주기 위해서. 꼭 그래야만 하는 특별한 이유가 있어서라기보다, 이렇게저렇게 사람들을 엮고 소개해주다 보면 자기들끼리 서로 도움을 주고받으면서 유익한 관계가 형성되기 때문이라고. 그래서인지 그녀의 인맥 울타리는 꽤 탄탄한 편이고, 그녀는 마치 스파이더맨처럼 인맥의 거미줄을 타고 점점 그 반경을 넓혀간다.

❖ 우물 안 개구리만 손해

이렇게 서로 나누고 퍼주다 보면 더 넉넉해지는 진리를 체험하지 못
하면 우물 안 개구리가 되어 편협하고 제한된 인간 네트워크를 구성할
수밖에 없다. 꼭 필요 관계가 아니더라도 알고 지내면 서로 도움이 될
것 같고 잘 어울릴 만한 사람들을 적극적으로 소개해주자. 그들이 또다
른 인연을 파생하고 또 그 인맥이 꼬리에 꼬리를 물다 보면, 정말 만날
거라고 예상치 못한 사람들까지 만나게 되는 경우가 종종 있다. 물론 이
새로운 사람들이 모두 내 인맥이 되리라는 법은 없고, 그 가운데서도 나
와 잘 맞는 진짜 인맥을 가려내야겠지만, 어쨌든 선택의 폭이 넓어서 나
쁠 건 없다.

❖ 사람을 나누라

내게 별 도움이 안되는 사람도 남에겐 꼭 필요한 인맥이 될 수 있다는
사실을 기억해 두자. 오픈된 마음으로 내 인맥, 네 인맥을 상호 공유하
며 '사람'을 나누다 보면 생각지도 않은 '이익'이 발생한다는 것. 업무
상 도움을 받는 것은 물론 새로운 비즈니스가 열리기도 하고, 예상치 않
은 수익이 창출되어 매우 생산적인 관계가 창조된다.

물론 사람 소개는 함부로 하는 것이 아니며, 만에 하나 안 좋은 관계
로 발전된다면 중간에서 입장이 곤란해질 수도 있다. 하지만 매치만 잘
한다면 이보다 더 멋지고 보람된 일도 없을 것이다.

사람을 믹스매치할 때 가장 중요한 것은 어느 한쪽에 절대 부담을 줘서는 안된다는 것이다. 원치도 않는데 괜히 이 사람 저 사람 불러서 자리를 마련한다든가, 엉뚱한 사람을 소개해줘서 귀찮게 한다거나 인맥을 꼬이게 하지 말라는 뜻이다.

NO. 75

인맥의 거리를 유지할 것

남자와 여자 사이를 비롯해 모든 인간관계에는 적당한 거리가 있어야 한다. 이 적당한 선을 지키지 못하면 서로 피곤해지고 짜증나게 되고, 결국 좋았던 관계가 아예 모르는 사이보다 엉망진창이 되기도 한다. 특히 사회에서 맺은 관계의 경우, 이 마음의 거리를 어떻게 조절하느냐에 따라 인맥 수명이 좌우된다는 것을 기억하자.

❖ 귀찮아 죽겠네!

아무리 친한 친구며 애인이라도 가끔 지겨울 때가 있는데, 이건 무슨 진드기처럼 착 달라붙어 시시콜콜 귀찮게 한다면? 제아무리 필요에 의한 사이라 할지라도 관계 자체가 스트레스가 될 게 뻔하다. 조금 친해졌다 싶으면 십년지기 친구처럼 들러붙는 사람들, 거기에 뻔질나게 전화하지, 만나자고 성화지…. 정말 스토커가 따로 없다. 이렇게 너무 갑자기 거리를 좁혀 다가가면 친근한 느낌이 들기는커녕 그 사람에게 질리고 만다.

아무리 맛난 음식도 한두 번이다. 사람 숨도 못 쉬게 자기 페이스대로 막 몰아가지 말라.

❖ 거참 무례하군!

인맥관리에 신경쓴답시고 상대방의 사생활까지 일일이 캐내서 상처를 주는 일은 절대 삼가야 한다. 시시콜콜한 신상 명세는 물론 사람에 따라 민감할 수 있는 부분까지도 알아야 직성이 풀리는 당신. 누구나 말하고 싶지 않은(혹은 말할 수 없는) 비밀이 있는 법이고, 꼭 하나부터 열까지 죄다 꿰고 있어야 관계가 발전하고 친해지는 것은 아니다. 친구처럼 편안한 사이가 되어 결국 인맥으로 자리잡는 것이 바람직하긴 하지만, 어느 누구를 만나도 상대방을 먼저 배려하고 늘 조심스럽게 대하는 매너를 잃지 말자. 마음의 거리를 좁히는 것도 중요하지만, 자칫 마음의 상처부터 남기게 될까 걱정된다.

❖ 밀고 당기기

모든 인간관계에는 남녀 사이처럼 '밀고 당기기' 가 있어야 균형을 잡는 법이다. 내가 너무 다가섰다 싶으면 슬쩍 한발 물러서고, 너무 나 몰라라 뒤처져 있다 싶을 땐 성큼 다가서는 융통성을 발휘하도록. 중요한 것은 모든 관계를 내가 주도적으로 움직여야 한다는 것이다. 다른 사람에 의해 거리가 조절된다면 결국 타인에게 끌려다닐 수밖에 없으며, 그들에 의해 내 인맥 또한 좌지우지되고 만다. 그러니 매사 적극적으로 나서되, 수위를 넘지 않게 눈치껏 행동하라.

✤ 예의는 기본

인맥관리를 잘하고 한 번 맺은 인연과 롱런하는 사람들은 상대에게 폐를 끼치거나 피곤하게 하지 않는다. 사람 사이의 거리를 적당히 유지하며 늘 예의를 잃지 않기 때문이다. 가까운 사이일수록 말과 행동에 더 조심해야 하며, 편한 사이일수록 세심하게 배려해야만 관계가 굳건해지는 법이니까.

동문회 · 동아리에서 인맥관리하기

남자들은 학연 · 지연을 통한 인연을 상당히 잘 활용하고 적극적으로 이용하는 데 반해 여자들은 대부분 동아리나 동문회의 필요성을 별로 못 느끼는 경향이 있다. 사실 인맥관리는 거창하게 먼 데서 찾을 것도 없다. 우리 집안 형제자매, 내 친한 친구 그리고 동문회만 통해도 얼마든지 폭넓은 인연을 두루 섭렵할 수 있다 이 말씀.

❈ 이미지 메이킹

이미지 메이킹은 맘에 드는 남자, 잘 보여야 하는 면접관 앞에서만 하는 게 아니다. 평상시의 내 모습을 어떻게 관리해 두느냐에 따라 나의 취업과 미래가 바뀔 수 있기 때문이다. 특히 동문이나 동아리 모임은 일반 사회 모임과는 달리 속속들이 진짜 모습을 보일 수밖에 없기 때문에 한번 이미지를 구기면 수습하기가 상당히 힘들다. 동기들과의 관계는 어떤지, 돈 관계는 깔끔한지, 술을 먹으면 어떤 태도로 돌변하는지 등등 따지고 보면 신경쓸 일이 꽤 많다. 원만한 성격에 싹싹하고 붙임성 있는 후배를 보고 예뻐하지 않을 선배가 어디 있겠는가. 좋은 자리가 났을 때 그 후배부터 챙기는 게 인지상정이다.

❧ 질투는 이제 그만

학창 시절 나보다 훨씬 못났던 친구가 고액의 연봉을 받는 전문가가 되었다면? 열의 아홉은 배 아프고 샘 나고 은근히 질투부터 나겠지만, 정신 똑바로 차리시라. 그녀의 화려한 인맥들을 내 인맥으로 만들 수 있는 절호의 기회가 왔음에 감사하면서 말이다. 업무상 도움을 받는 것은 물론이요, 내가 경험할 수 없는 새로운 세계를 그녀를 통해 만나게 될 수도 있다. 선배의 출세는 곧 나의 성공이요, 친구가 잘나가면 나도 덩달아 업그레이드될 수 있다는 것을 명심하자.

❧ 공통점을 스스로 만들자

약삭빠른 남자들은 잘나가는 친구 모임에 어울리기 위해 골프며 스키, 심지어 동네 조기 축구회까지도 열심히 쫓아다닌다. 뭐 술이 좋아 그리 마시는 줄 아시나? 대화에 끼고 자연스럽게 그들과 동급이 되려면 취미 활동을 같이하거나 하다못해 술자리라도 자주 만들어야 한다는 사실. 반면 여자들은 주로 쇼핑 이야기나 여행 경험, 잘나가는 레스토랑 이야기를 하면서 친해지는 경향이 있다. 새로운 대화에 뒤처지지 않도록 늘 정보에 민감하게 반응하며 신선한 화젯거리를 많이 알수록 유리하다.

❧ 선배 언니를 잡으라

사실 남자 선배들보다 여자 선배들이 결정적인 순간엔 훨씬 잘 챙겨주고 도움이 된다는 걸 아시는지. 남자들은 술 사주고 밥 사주고 예뻐 해주긴 하지만, 구체적인 정보를 주고 사회에서 나를 이끌어주는 것은 여자 선배들이 확실히 더 낫다. 사회에서 잘나가는 여자에게는 대부분 잊지 못할 여자 멘토가 있다.

선배를 잡는 구체적인 노하우! 좀 친해졌다 싶은 확신이 들면 선배의 회사 근처로 찾아가라. 단, 선배가 바쁘지 않을 점심시간이나 오후 티타임에 한 '30~40분 정도면 충분' 하다. 만날 때 작은 화분이나 쿠션, 기타 소품 등의 '부담 없는 선물' 을 반드시 준비할 것. 또 선배가 하는 일에 대해 물어보고 싶은 것을 일목요연하게 정리해가는 등 일에 대해 '적극적인 관심' 을 보여야 한다. 특히 여자들이 두각을 나타내는 홍보, 패션디자인, 잡지기자, 방송작가, 마케팅과 같은 분야에는 당연히 여자들이 많을 수밖에 없으므로 관련 직종에 대한 정보도 신속하게 얻을 수 있다.

잘난 사람보다
유쾌한 사람이 되라

한 분야의 프로가 되고 남다른 재능이 있는 사람은 부러움의 대상이 되고 세간의 주목을 받는 게 사실이지만 솔직히 좀 외롭다. 말 그대로 너무 잘난 탓에 사람 아쉬울 일도 별로 없고 그러다 보니 당연히 사람들도 일정한 거리를 두고 대하게 된다 이 말씀. 사람이 모이고 북적거리게 만들려면 능력은 기본, 독특한 나만의 매력을 동시에 키워야 한다. 어떤 매력이냐고? 바로 유쾌한 매력!

✤ 겸손한 배려를 먼저

그냥 보면 기분좋아지고 함께 있으면 분위기 팍팍 전환되는 그런 사람들이 있다. 그들이 사람을 끄는 힘은 돈도 아니고, 권력도 아니고, 빵빵한 배경은 더더욱 아니다. 이런 사람들의 공통점은 사람을 유쾌하게 만들어준다는 점이다. 똑같은 말도 왠지 쿨~하게 들리고, 빈말인 것 다 알면서도 괜히 기분이 좋아진다 이거다.

그 이유는 바로 그들이 평소 즐겨 사용하는 '겸손한 배려' 때문. 저 잘났다고 은근히 아는 척, 있는 척, 센 척하지 않고 상대방을 먼저 치켜세우는 것이 바로 겸손한 배려다. 사람은 누구나 먼저 인정받고 대접받기를 원한다. 유쾌한 사람들은 타인의 장점을 재빨리 포착해 북돋워주고 칭찬을 아끼지 않는다는 사실을 명심하라.

⚜ 유머 감각도 개발된다

유머 감각을 선척적으로 타고난 사람은 일단 유쾌한 사람의 반열에 쉽게 들 수 있다. 아무래도 칙칙한 분위기보다는 즐겁고 밝은 이미지가 사람들을 즐겁게 하기 때문이다. 하지만 만남을 흥겹게 하고 모임의 분위기 메이커가 되는 것이 최신 유행어와 코믹 스토리만 꿰고 있다고 되는 건 아니다. 오히려 싸구려 이미지만 남길 수도 있으니 자신 없으면 자제하시라.

없는 유머 감각을 후천적으로 키우는 방법을 알아보자. 첫째, 항상 긍정적이고 밝은 생각을 의식적으로 많이 할 것(본인이 먼저 즐거워야 한다), 둘째, 세상 돌아가는 트렌드에 뒤처지지 말 것(맹한 사람은 절대 유쾌한 사람이 될 수 없다), 셋째, 유쾌한 사람을 모방할 것.

사람들에게 인기있는 사람과 자주 어울리면서 그들의 매력이 무엇인지 분석해보라. 어떻게 말을 받아치는지, 어떤 식으로 화제를 몰고 가는지 등등을 관찰하다 보면 답이 나온다.

⚜ 왠지 만나고 싶어라

유쾌한 사람이 되면 내가 사람을 쫓아다닐 필요가 없다. 어떤 모임이든 어떤 자리든 사람들이 알아서 나를 불러준다는 놀라운 사실. '야, 걔는 꼭 나오라고 해', '그 친구 만나면 괜히 기분좋더라', '김 대리는 사람을 참 편하게 해주는 것 같아요' 등의 소리를 듣는다면 일단 그대의 인맥관리는 길을 제대로 찾아가고 있는 것이다. 돈 주고도 살 수 없는 이것, 인맥을 관리하는 데 있어 전문 지식이나 학위, 집안 배경과는 비교도 안될 만큼 중요한 덕목인 유쾌한 매력을 그대의 무기로 삼아보시라. 21세기 인맥관리의 히든 카드라고 확신한다.

선배를 요리하는 액션 플랜

인맥을 잘 활용하는 사람들을 보면 유난히 선배들과의 관계가 돈독하다는 걸 쉽게 눈치챌 수 있을 것이다. 그들이 윗사람을 잘 따르기도 하지만 선배들도 특별히 그들을 예뻐하는 이유는 뭘까? 일을 잘해서? 말을 잘 들어서? 선배들과 좋은 관계를 유지하는 것은 직장 1~2년차들이 반드시 통과해야만 하는 필수 코스. 잘 둔 선배 하나 열 후배 안 부럽다 이 말씀.

❖ 예쁨도 미움도 자기 하기 나름

어디를 가나 모두 자기 하기 나름이라고 어른들이 누누이 말씀하시는 걸 귀가 아프게 들었을 것이다. 후배 같지 않은 후배, 선배를 위협하는 후배를 누가 챙기고 곱게 보겠는가. 이유 여하를 막론하고 일단 선배에게는 깍듯이 선배 대접을 해주는 게 제일의 원칙이다. 즉, '뭐 저런 애가 다 있지?' 하고 선배를 긴장시키지 말라는 것.

씩씩한 인사는 기본이고 선배들 앞에선 절대 튀는 행동을 삼가라. '전 성격이 원래 그래요', '이런 건 딱 질색이에요' 등등 개성이 넘치다 못해 통제하기 어려운 인상을 준다면 선배들의 마음의 문은 열리지 않는다. '선배님 도와주세요'라고 해 선배의 능력을 인정해준다거나 '역시 선배밖에 없네요' 등의 말로 선배를 띄워주는 게 좋다.

❖ 괜찮은 후배가 되라

마냥 선배의 도움만 받으려는 얌체족들 역시 선배들과 좋은 관계를 오래 유지하기 힘들다. 한두 번 이런저런 도움을 받았다면 감사하는 마음을 가지는 것은 물론 실질적이고 눈에 보이는 보답이 있어야 한다. 공식 회의 석상에서 '김 선배님이 잘 도와주셔서 이 프로젝트는 무리가 없을 것 같아요'라고 슬쩍 선배 이름을 거론한다거나, '선배, 제가 밥 한번 대접하고 싶어요' 라든가 '선배, 바쁘시면 저를 시키세요' 등등 선배를 도와줄 기회를 스스로 만들어야 한다.

하다못해 작은 선물을 주거나 남자라도 한번 소개시켜주라. 후배라도 당연히 받는다는 생각은 금물. 선배의 도움이나 친절은 감사히 받되 적당한 보상도 잊지 않는다면 선배들 사이에서 참 괜찮은 후배로 거론될 것이다.

❖ 나대지 말 것

무능력한 후배보다는 능력 많은 후배가 당연히 돋보이는 건 사실이다. 하지만 선배고 뭐고 없이 자기 혼자만 잘났다고 떠벌리는 후배를 진심으로 후원해줄 마음 넓은 선배는 많지 않다. 능력은 업무에서 실력으로 보여주면 된다. 평상시에 너무 아는 척, 잘난 척 나서지 말라는 거다. 선배를 살짝 긴장시키는 것까지는 좋지만, '나를 치고 내 위에 서지 않을까’ 하는 두려움을 느끼게 하지는 말자.

겸손함은 모든 인간관계의 기본 사항이지만 특히 윗사람을 대할 때는 각별히 신경쓸 것. ‘선배 의견 참 괜찮은 거 같아요. 제 생각도 한번 검토해주세요’, ‘선배님 아이디어를 제가 구체적으로 한번 풀어봤어요’, ‘많이 가르쳐주세요’ 등 밉지 않게 접근하는 방법은 얼마든지 있다. 그대들도 시간이 흐르면 자연히 선배의 위치에 서게 된다. 그때 후배들이 어떻게 해줬으면 하는지 역으로 생각해보면 이해가 빠를 것이다.

낙동강 오리알 신세가
되었을 때

인생엔 꽃피는 봄만 있는 게 아니다. 화려한 시절은 가고 나 홀로 쓸쓸히 낙동강 오리알 신세 되는 날도 온다 이 말씀. 특히 샐러리맨은 지갑에 명함이 없어지는 순간 그야말로 잊혀진 얼굴이 되기 십상이다. 내 형편과 처지에 관계없이 사람들이 나를 찾게 만들도록. 평소 철저한 인맥관리만이 나와 내 애인이 살길이란 것을 명심하자.

✤ 약한 모습 보이지 마세요

자의든 타의든 회사에서 내 책상이 없어지게 되면 직장인은 그야말로 기가 팍 죽는다. 그동안 그대를 포장한 모든 장식과 허울이 사라지고 나니 누가 뭐라고 한 것도 아닌데 스스로 의기소침해진다. 위로하는 동료들의 말도 곱게 들리지 않으니, 이때 대부분의 사람들은 연락은커녕 바로 '잠수타기'에 돌입한다.

사회생활 1, 2년 하다가 그만둘 것인가. 인생은 길고 그대가 갈 길도 멀다. 다시 취업해서 폼날 때 연락할 생각 말고 당당하게 주변 사람들에게 도움을 청하라. 단, 이때 절대 불쌍하고 가여운 인상을 주어서는 안 된다. 사람은 누구나 자신보다 강한 사람을 곁에 두고 싶어한다. 괜히 동정심을 유발하는 약한 모습을 보여서는 본전도 못 건질 게 뻔하다. 더 깔끔하고 세련되게, 더 허리를 쭉 펴고 다니시라.

❀ 부지런히 움직이세요

신세 처량하다고 축 처진 모습으로 있지 말자. 오는 전화를 받는 것은 물론 오히려 지인들에게 더 열심히 연락하고 모임에도 부지런히 출석할 것. 내가 살아 움직이는 모습을 보여야만 인맥의 끈이 끊기지 않기 때문이다. 솔직히 긴 병에 효자 없고 오랜 백수 생활에 의리와 우정이 배겨나기 힘들다. 내 명함이 없어져도 나는 여전히 건재하다는 것, 아니 더 멋지게 자기관리를 하고 있다는 것을 의도적으로라도 보이라는 거다. 어학 공부며, 운동이며, 취미 생활까지도 소홀히 하지 말라. 새로운 커뮤니티에서 정말 내게 꼭 필요한 사람을 만날 수도 있고, 평소 관리해 둔 지인의 도움으로 더 멋진 곳에 스카우트될 수도 있으니 만반의 준비를 하라. 내가 먼저 숨어 버리면 아무도 나를 찾지 않는 게 인지상정. 다시 활동 개시할 그날을 위해서라도 물밑 작업은 계속되어야 한다. 쭈욱 ～.

❀ 봉이 아니다

열심히 움직이라고는 했지만 주변 사람들에게 너무 비비는 것도 좋지 않다. 사람들은 이미 그대의 실직과 실패에 약간의 부담감을 느끼고 있는 상태다. 솔직히 그대가 잘나가던 시절에 '밥 한번 사라' 는 것과, 지금 만나자고 콜하는 것과는 느낌이 사뭇 다를 것이다. 절대 '비굴 모드'

로 나가지 마시라. 한두 번은 통할지 몰라도 영영 인맥이 끊기는 수가 있다.

새로운 일자리를 부탁하거나 소개해 달라는 것도 '상식 수준'을 넘어서는 안되며, 이때 급하다고 소중한 인맥을 '남용'하는 것은 더더욱 위험하다. '내가 누구를 좀 아는데…', '그분하고 친해요' 등 인맥은 그대가 아쉬울 때 써먹는 '봉'이 아니란 걸 잊지 말라.

남자와 만날 때의 주의 사항

남자들과 인맥을 쌓을 때와 여자들과 인맥을 맺을 때 각각 주의할 것이 따로 있다. 특히 여자가 남자와 인연을 오래 유지하려면 친밀함이 지나쳐 사적인 남녀 관계로 진전되지 않게 조심할 필요가 있다. 나이가 많고 적음에 상관없이 남녀가 만나다 보면 이런저런 소문도 나고 원치 않는 방향으로 관계가 변질될 가능성이 높기 때문. 물론 정말 사랑하는 사이가 된다면 문제될 것 없지만, 그렇지 않다면 남자들과 인연을 만들어갈 때 이것만은 꼭 명심하자.

❖ 남자를 헷갈리게 하지 말라

철없는 여자들 가운데 연애 감정을 이용해 남자들을 헷갈리게 하는 등 얄팍한 술수를 쓰는 사람들이 종종 있다. 남자들의 단순한 성향을 악용해 소기의 목적을 달성하고자 하는 것인데, 이런 식으로 사회생활했다가는 매장당하기 딱 좋으니 조심하시라. 필요한 게 있으면 정정당당하게 요구하면 될 것을 괜히 좋아하는 척 접근해 아쉬울 때만 이용하고 어느 순간 나 몰라라 팽개치는 파렴치한은 되지 말도록.

'꽃뱀'이 따로 있는 게 아니다. 진심으로 사람을 대하지 않고 상대에게 물질적·정신적으로 상처를 주면 그게 바로 인맥 세계의 꽃뱀!

❖ 담백한 관계를 유지하라

본인이 아무 감정이 없고 처신을 바로한다 해도 상대방이 흑심을 갖고 덤빈다면 이 또한 남자들과 인맥을 만드는 데 걸림돌이 된다. 이럴 땐 정색하면서 물러서지 말고 최대한 담백하게 대하면서 이 사람 저 사람 끌어들여 모임을 공식화하는 게 좋다. 아무래도 사람이 많아지면 관계의 농도가 희석될 수 있을 테니까.

괜히 거래처 사장님과 밥 한 번 먹었는데 구설수에 오르면 인맥이고 뭐고 조용히 회사생활하기도 힘들어지는 게 요즘 세상이다. 여자와 달리 남자 동료나 거래처 사람들을 대할 때는 정확하게 선을 긋고 반듯하게 행동하라.

❖ 유용한 부분이 더 많다

이처럼 남녀 사이로 진전시키지 않고 쿨~한 관계를 유지할 수 있다면 남자들과의 폭넓은 교제는 여러모로 유익하다. 특히 남자는 여자의 부탁을 쉽게 거절하지 못하기 때문에(꼭 좋아하지 않아도) 힘들거나 곤란한 상황에서 실질적인 도움을 즉각 받을 수 있다. 남자들과 교제함으로써 발빠른 정보를 다양하게 얻을 수 있고, 남성 특유의 현실 감각 등도 배울 수 있어 좋다. 특히 아직도 회사의 고위직은 대부분 남자이기 때문에 남자들의 성향을 이해하고 그들의 세계를 어느 정도 알고 있으면 편협하지 않은 사고를 갖게 된다. 즉, 남자와 여자의 성향이 다르듯 인맥관리법도 약간 다르다는 정도만 기억해도 도움이 될 것이다.

인맥의 줄다리기

흔히 연애 중인 남녀 사이를 줄다리기에 비유하곤 한다. 확 당길 때가 있는가 하면 느슨하게 풀어주기도 하면서 균형을 잘 잡아야만 사랑에 성공하기 때문이다. 인맥관리도 마찬가지다. 너무 힘을 확 주거나 갑자기 힘을 확 빼는 것은 금물. 적당한 긴장감을 유지하면서 팽팽하게 끈을 잡고 있어야만 승부를 낼 수 있단 소리다.

❖ 너무 몰아치지 말자

인간관리를 한답시고 오히려 관계를 더 망치는 경우를 종종 봤다. 정신없이 몰아치는 그런 사람들 말이다. 가까워지고 싶어하는 마음은 이해하겠지만 상대방에게 숨돌릴 틈도 주지 않고 몰아세운다면 오히려 관계를 빨리 질리게 할 뿐이다.

요리도, 인간관리도 급하게 하다 보면 설익고 맛이 배지 않는 법. 진한 국물을 우려내듯 은근한 불에서 천천히 하는 게 결과적으로 더 효율적이라는 것을 잊지 말라. 빨리 타오른 장작이 쉽게 재가 되듯이 사랑도, 인맥도 센 불에 콩 볶듯 뚝딱 처리하지 마시라.

❖ 끈을 놓지 말자

사람 사이라는 게 우습게도 하루아침에 가까워졌다가도 어느 날 갑자기 연락이 뚝 끊길 수도 있는 법이다. 특히 사회에서 만난 사이라면 더더욱 이런 황당한 일이 빈번히 발생할 수 있다. 즉, 회사에서 퇴직했거나 업무 담당자가 교체되는 경우, 여자라면 결혼이나 출산 같은 이유로 몇 개월 휴직을 하게 되는 경우 등을 예로 들 수 있다. 외부 상황에 따라 인맥의 거리도 멀어졌다 좁혀졌다 한다는 말이다.

엄밀히 말해 진정한 인맥은 그대의 명함에 따라 좌지우지되지 않는다. 다시 말해 내가 어떤 상황이든 내 인맥은 변하지 않아야 한다는 뜻이다. 그러기 위해서는 다른 사람 눈치 볼 것 없다. 그저 내가 이런 모든 관계의 끈을 놓지 않고 지속적으로 관리하는 수밖에 없다.

❖ 결정타를 날려주라

그렇다고 만날 주거니받거니 줄다리기만 할 수도 없는 노릇이다. 실속을 챙기려면 영양가 있는 인맥을 많이 만들라고 누누이 강조했다. 항상 적당한 거리를 유지하고 있는 인맥을 확실하게 내 사람으로 만들려면 적절한 타이밍에 맞춰 결정타 한 방을 날려주는 게 필요한데, 그것은 상대방의 성격이나 스타일에 따라 다르다. 의리와 정을 강조하는 사람이라면 무엇보다 만남을 자주 가지며 어울리는 게 좋고(공통 화제를 만드는 게 중요하다), 마음을 쉽게 안 여는 깍쟁이 스타일이라면 시간을 길게 갖되 진실하고 일관된 모습을 보여주는 게 좋다. 사람을 쉽게 믿고

좋아하는 사람들하고는 술자리나 2차에서 의리를 다지는 경우가 많으
니 빠지지 말고 참석하는 부지런함을 갖추라.

무턱대고 나만 잘한다고 좋은 인맥이 형성되는 건 아니다. 상대방에
따라 적당히 힘 조절을 하면서 확 끌어당길 결정적 찬스를 노리자. 아,
물론 가장 중요한 건 이런 얄팍한 처세가 아니라 진실한 마음이라는 건
당연지사.

처음 만난 사람과 친해지는 법

사람과 금세 친해질 수 있는 성격이 분명 따로 있긴 하지만, 그렇다고 타고나는 것은 아니다. 쉽지는 않겠지만 마음먹고 신경을 조금만 쓰다 보면 그리 어렵지 않게 새로운 사람과 말을 섞을 수 있고 인연을 만들 수도 있다는 데 희망을 가지시라. 사회생활에 있어 친화력은 큰 무기임에 틀림없다. 대부분 중요한 일들은 인간관계에서 결정난다는 걸 명심하라.

❖ 겸손이 칭찬보다 낫다

내 모습을 숨긴 채 겉으로 아무리 친해지려 해도 말짱 헛일이다. 먼저 내 감정, 내 기분부터 표현하고 털어놓는 게 순서. 이때 약간 허점을 보이는 것도 효과적이다. 전혀 그렇게 보이지 않는 사람에게서 의외의 모습을 발견하면 마음이 조금 열리면서 긴장도 풀어지기 때문이다. 완벽하게 보이려고 애쓰지 말고 편한 분위기를 만들려고 노력하자. 예를 들어 '아직 잘 모르니까 많이 가르쳐주세요' 라는 식의 겸손함은 상대를 기분좋게 만든다. 대놓고 칭찬 하거나 아부하는 것보다 이런 표현이 훨씬 낫다.

✿ 입보다 귀를 열라

보통 낯선 사람과 만나면 어색한 분위기를 풀기 위해 이것저것 말도 많아지고 질문도 많아지는 법이다. 하지만 그러다 보면 예기치 못한 실수(상대의 프라이버시를 건드리는)를 할 수도 있고, 괜히 실없고 한심한 사람이라는 선입견을 주기 쉽다. 차라리 질문을 하기보다는 상대방의 말에 귀를 기울이자. 적절한 제스처나 호응을 보이면서 대화의 리듬을 타는 게 중요한데, 이때 속도를 너무 내다 보면 오버하기 쉽다.

또한 상대방의 관심 분야가 무엇인지 재빨리 파악해 그에 맞는 적당한 화젯거리를 던지는 순발력이 있으면 더 좋다. 말을 잘 듣다 보면 그 사람의 주된 관심이 무엇인지 알게 될 것이다. 입보다 귀를 먼저 열라.

✿ 배려하라

누군가를 배려해준다는 것은 비싼 밥을 사거나 뇌물을 안겨주는 것보다 기억에 오래 남는 선물일 수 있다. 처음 만나는 자리에서 이것저것 신경써주고 마음써주는 사람에게 강한 인상을 받는 게 당연하지 않겠는가. 첫 미팅에 늦게 온 거래처 사람이 미안해서 우물쭈물할 때 '차가 좀 막혔지요?' 라며 먼저 넉넉하게 웃어준다거나, 잘 몰라 헤매는 신입 사원에게 텃세를 부리는 대신 자상하게 안내를 해주는 것 등 조금만 여유를 가진다면 상대방을 배려하는 것은 어렵지 않다. 특히 상대가 곤란에 처했을 때, 당황해할 때, 궁지에 몰렸을 때, 그때가 바로 기회다.

도움을 청할 때,
도움을 받고 나서

인맥이 두터우면 좋은 점 중 하나가 쉽게 도움을 청할 곳이 많다는 것이다. 물론 내 편의를 위해 인맥관리를 하는 것은 아니지만, 그래도 비빌 언덕이 있다는 것은 크든 작든 마음을 든든하게 해준다. 중요한 핵심은 도움을 청할 때의 태도와 도움을 받고 난 후의 자세다. 그대의 인생은 길고, 우리의 인맥도 길기 때문에.

❀ 눈치와 타이밍

평소 인덕을 잘 쌓아 두지 않으면 급할 때 도움을 청하기가 참 민망하다. 그럼에도 불구하고 아쉽고 급할 때면 용감(?)하게 전화를 해대는 사람을 보면 눈치가 없다고 해야 하나, 자신감이 넘친다고 해야 하나. 아무튼 누군가에게 부탁을 할 때는 무리가 되지 않는 선에서 적당하게 해야 한다는 것을 잊지 말자.

여기서 타이밍이 매우 중요한데, 출근하자마자 전화해서 이것저것 요구하는 것이나, 종일 가만히 있다가 퇴근 직전에 엉뚱하게 도와달라고 하는 것처럼 무식한 경우도 없지 싶다. 부탁도 눈치를 봐가면서 하는 것이다. 또 상대방이 조금이라도 말을 얼버무리거나 곤란한 기색을 보인다면 기분좋게 부탁을 철회하자. 마지못해 들어주는 청은 더 큰 화가 되어서 그대에게 돌아갈 게 분명하기 때문이다.

❧ 입 싹 닦다?

화장실 들어갈 때와 나올 때가 다르다고는 하지만, 그래도 번번이 고맙다는 말 몇 마디로 때우는 얌체족들은 반성하라. 세상에 도움을 주는 사람, 받는 사람이 따로 있는 거 아니다. 크든 작든 누군가의 도움을 받았으면 그에 걸맞은 보상이 따라야 하는 법. 밥을 사거나, 이성을 소개해주거나, 선물을 하거나, 영화 한 편을 보여주더라도 꼭 성의 표시를 티나게 하라. 이렇게 사소한 것에도 마음을 표하다 보면 '인사성 밝은' 사람으로 확실하게 자리매김할 수 있기 때문이다.

이런 사람은 주변 사람들이 흔쾌히 도와주고 잘 챙기게 된다. 똑같은 말이라도 '네 덕분에', '너 아니었으면 못했을 거야', '선배님 덕분에', '내가 후배 하나 잘 뒀구나' 하는 식의 상대방을 띄워주는 멘트. 좋잖아?

❧ 또 무슨 일 있군

친구 중에 자기가 아쉬울 때만 전화하는, 이른바 '무심녀' 가 있다. 비즈니스도 잘하고 평소 싹싹하다는 소리를 듣는 그녀인데, 친구들에게는 별로 점수를 따지 못한다. 그녀가 못됐다거나 마음이 없어서는 아닌데, 불쑥 전화해서는 필요한 것만 물어보고 도움을 청하곤 하니 그녀의 콜이 달가울 리 없다. 가끔 그녀가 사심없이 전화해도 '얘가 또 뭐가 아쉬워서 이러나…' 싶은 게 영 맘이 편치 않다 이거다.

그러다 보니 좋은 건수가 생기거나 정보가 있어도 그녀에게 도움을 주고 싶은 마음이 별로 생기지 않는다. 꼭 무슨 일이 있어서 전화하거나 챙기는 게 아니다. 평소 인덕을 쌓아 두고 투자를 해두는 이유는 급할 때, 힘들 때, 아쉬울 때 다 도움이 된다는 걸 믿기 때문이다. 일종의 '사람 보험'이라고 생각하면 된다.

한 해가 가기 전 꼭 해야 할 일

직장인에게 연말은 개인적으로나 업무적으로나 분주한 달이다. 하지만 정작 마음만 앞설 뿐, 12월 한 달을 알차게 보내는 사람은 그리 많지 않은 듯하다. 한 해가 가기 전 그대가 꼭 해야할 일은? 우선순위를 정해 아래 제시한 몇 가지 항목은 꼭 짚고 넘어가자.

❖ 명함 정리

사회생활의 성패는 개인의 업무 능력과 탄탄한 인맥관리에 달려 있다고 해도 과언이 아니다. 특히 인간관계의 중요성은 아무리 강조해도 지나치지 않다. 그런 의미에서 한 해가 가기 전 지난 일 년 동안 맺었던 크고 작은 인연들을 총정리하는 것이 매우 중요하다. 꼼꼼히 명함첩을 점검해보자. 만약 이름도, 얼굴도 기억나지 않는 명함이 있다면 과감히 정리하고, 오랫동안 연락 못한 거래처에는 전화라도 한 통 걸자.

❖ 문서 정리, 책상 정리

한 해 동안 정신없이 앞만 보고 달려온 그대, 문서 정리가 제대로 되어있는지 꼭 확인해보라. 내일 당장 회사를 그만두더라도 후임이 한눈에 업무 파악을 할 수 있을 만큼 중간중간 문서 정리는 반드시 필요하다. 처리된 업무인지, 진행 중인 프로젝트인지 아무 구분도 없이 섞여 있다면 파일별, 폴더별로 정리해 둘 것. 책상 위도 마찬가지다. 지난 몇 달 동안 한 번도 들춰보지 않은 서류, 자료 등은 과감하게 정리하라.

❖ 사소하더라도 마음을 담아

그대의 이미지는 사소한 것에서부터 결정지어진다. 연말연시 따뜻한 감사 카드 혹은 이메일 한 통이라도 중요한 거래처에 보낸다면 내년에는 그대의 업무가 훨씬 수월하게 진행될 것이다. 서먹했던 업체에도 카드 한 통으로 앙금을 모두 씻을 수 있으니 용기를 내서 작은 성의를 표하자. 술 한잔 기울이며 순간적인 친목을 다지는 것도 효과적이겠지만, 카드나 전화 등 진심 어린 마음을 전하는 행동은 더욱 감동적일 것이다.

❖ 개인 업무 정산

지난 한 해 동안 자신이 한 업무를 분류해 스스로 점수를 매겨보자. 실적은 어느 정도이며, 실수를 했거나 손해를 본 부분은 어떤 점이었는지 곰곰이 생각해보라. 이렇게 하면 연말 연봉 협상 때 요긴한 자료가 될 수 있다. 언제 누가 묻더라도 어떤 성과를 거두었는지 스스로 점수를 매겨 놓고 증빙 자료 등을 반드시 준비해 두자. 결과 보고서나 실적 보고서 등 말이다.

능력있는 여자는 스캔들을 꿈꾼다

초판 인쇄 | 2006년 5월 30일
초판 발행 | 2006년 6월 3일

지은이 | 박유희
펴낸이 | 최영수
펴낸곳 | 자유로운 상상
디자인 · 편집 | 블룸

등록 | 2002년 9월 11일(제13-786호)
주소 | 서울시 서대문구 충정로 3가 3-95
전화 | 02-392-1950 팩스 | 02-363-1950
이메일 | hks33@hanmail.net

값 9,000원
ISBN 89-90805-30-9 03810